Beltz & Gelberg Taschenbuch 605

SCHAURIGER SCHLAMASSEL

Band 1: Der Alptraum am Anfang (78604)
Band 2: Der schillernde Schlangensaal (78605)
Band 3: Das falsche Fenster (78606)
Band 4: Die sirrenden Sägen (78607)
Band 5: Die schreckliche Schule (78608)
Band 6: Der finstere Fahrstuhl (78609)

Mehr unter
www.schauriger-schlamassel.de
www.lemonysnicket.com

Lemony Snicket ist das Pseudonym des amerikanischen Autors Daniel Handler. Er wurde in San Francisco geboren, bekam mehrere Literaturpreise und lebt mit seiner Familie in New York. Die Bücher über das Schicksal der Baudelaire-Waisen, die in den USA unter dem Titel *A Series of Unfortunate Events* erscheinen, sind weltweit zu einem Riesenerfolg geworden. In Amerika wird die Serie zurzeit verfilmt.

Schauriger Schlamassel/Band 2

Lemony Snicket

Der schillernde Schlangensaal

Roman

Aus dem amerikanischen Englisch
von Birgitt Kollmann

BELTZ
& Gelberg

Editorische Notiz
Die Bücher aus der Serie *Schauriger Schlamassel* erschienen zuvor unter dem Reihentitel *Die schaurige Geschichte von Violet, Sunny und Klaus*. In der gebundenen Ausgabe trug der vorliegende Band den Titel *Der Reptiliensaal*.

Für Beatrice
Du selbst musstest vergehen,
doch meine Liebe zu dir vergeht nie.

www.beltz.de
Beltz & Gelberg Taschenbuch 605

Die amerikanische Originalausgabe erschien unter dem Titel
A Series of Unfortunate Events – The Reptile Room
bei HarperCollins Publishers Inc., New York

Published by arrangement with HarperCollins Children's Books,
a division of HarperCollins Publishers Inc., New York
Aus dem amerikanischen Englisch von Birgitt Kollmann
Neue Rechtschreibung
Einbandgestaltung: Thomas M. Müller
Gesamtherstellung: Druckhaus Beltz, Hemsbach
Printed in Germany
ISBN 3 407 78605 0
1 2 3 4 5 07 06 05 04 03

Erstes Kapitel

Die Straße, die aus der Stadt hinausführt, am Nebelhafen vorbei bis zu der Ortschaft Ödlang, ist womöglich eine der unerfreulichsten Strecken der Welt. Sie trägt den Namen Schaurige Chaussee. Die Schaurige Chaussee führt zwischen Feldern von kränklich grauer Farbe hindurch, auf denen eine Hand voll verkümmerter Apfelbäume steht, deren Früchte so sauer sind, dass dem Reisenden schon vom bloßen Anblick übel wird. Später überquert die Schaurige Chaussee den Fauligen Fluss, ein Gewässer, das zu neun Zehnteln aus Sumpf besteht und in dem eine ausgesprochen nervtötende Spezies der Gattung Fisch lebt. Zu allem Übel führt die Straße auch noch an einer Meerrettichfabrik vorbei, weshalb ein beißender, bitterer Geruch über der gesamten Gegend liegt.

Ich bedaure, dir mitteilen zu müssen, lieber Leser, dass gleich zu Beginn dieser Geschichte die Baudelaire-Waisen auf eben jener höchst unerfreulichen Chaussee unterwegs sind und dass von jetzt an alles immer nur noch schlimmer wird. Von allen Menschen auf dieser Welt, die ein elendes Leben führen – und davon gibt es, wie du sicherlich weißt, eine ganze Menge – schießen die jungen Baudelaires zweifellos den Vogel ab, ein Ausdruck, der hier so viel bedeuten soll wie, dass ihnen mehr schreckliche Dinge zugestoßen sind als vermutlich irgendwem sonst. Ihr Elend begann mit einem gewaltigen Feuer, das ihr Heim zerstörte und ihre liebevollen Eltern tötete. Das allein wäre schon traurig genug für ein ganzes Leben, aber im Falle der drei Geschwister sollte dies nur der schlimme Anfang sein. Nach dem Brand wurden die drei Kinder zu einem entfernten Verwandten geschickt, bei dem sie von da an leben sollten. Graf Olaf, so hieß er, war ein schrecklicher und geldgieriger Mensch. Die Eltern Baudelaire hatten ein riesiges Vermögen hinterlassen, das an die Kinder gehen sollte, sobald Violet volljährig wäre. Graf Olaf war so besessen von dem Gedanken, das Geld in seine schmierigen Hände zu bekommen, dass er einen Plan ausheckte, der so gemein war, dass er mir bis zum heutigen Tag Albträume bereitet. Zwar wurde Graf Olaf gerade noch rechtzeitig entlarvt, doch er entkam und schwor sich, das Baudelaire-Vermögen irgendwann in der Zukunft doch noch an sich zu reißen. Violet, Klaus und Sunny hatten noch immer schreckliche Träume, in denen Graf Olaf vorkam, seine teuflisch funkelnden Augen, seine eine zottige Augenbraue, vor allem aber das Auge, das er als Tätowierung an einem Knöchel trug. Es schien, als würde dieses Auge die Baudelaire-Waisen auf Schritt und Tritt beobachten. Solltest du dieses Buch also in der Hoffnung aufgeschlagen haben, dass die Kinder von nun an glücklich und in Freuden leben, so muss ich dir leider sagen, dass du es ebensogut gleich wieder zuschlagen und etwas anderes lesen kannst. Violet, Klaus und Sunny, die dicht gedrängt auf dem Rücksitz eines Autos saßen und durch die Fenster auf die Schaurige Chaussee starrten, befanden sich auf dem Weg zu nur noch mehr Kummer und Elend. Der Faulige Fluss und die Merrettichfabrik bildeten nur den Auftakt zu einer ganzen Reihe unerfreulicher Erlebnisse, an die ich nicht denken kann, ohne dass mein Gesicht sich schmerzhaft verzerrt und mir Tränen in die Augen treten.

Am Steuer des Autos saß Mr. Poe, ein Freund der Familie, der bei einer Bank arbeitete und ständig Husten hatte. Er war damit betraut, die Angelegenheiten der Waisen zu regeln, und also war er es auch, der entschieden hatte, die Kinder nach all den unerfreulichen Erlebnissen mit Graf Olaf in die Obhut eines entfernten Verwandten auf dem Lande zu geben.

»Tut mir Leid, dass ihr es nicht bequemer habt«,

sagte Mr. Poe und hustete in ein weißes Taschentuch, »aber in mein neues Auto passen einfach nicht allzu viele Fahrgäste hinein. Nicht einmal einen einzigen von euren Koffern haben wir verstauen können. So etwa in einer Woche komme ich noch einmal und bringe sie euch.«

»Vielen Dank«, sagte Violet, die mit vierzehn das älteste der Baudelaire-Kinder war. Jeder, der Violet gut kannte, sah sofort, dass sie mit ihren Gedanken ganz woanders war. Sie hatte nämlich ihr langes Haar mit einem Band zusammengebunden, damit es ihr nicht ins Gesicht fiel. Violet war eine Erfinderin, und immer, wenn sie etwas erfand, band sie ihr Haar gern auf diese Weise zusammen. So konnte sie klarer über die verschiedenen Zahnräder, Drähte und Seile nachdenken, die zu den meisten ihrer Erfindungen gehörten.

»Nachdem ihr so lange in der Stadt gelebt habt«, fuhr Mr. Poe fort, »werdet ihr das Leben auf dem Land sicherlich als angenehme Abwechslung empfinden. Oh, hier ist ja schon die Abzweigung. Wir sind fast da.«

»Gut«, sagte Klaus leise. Ihm ging es wie vielen Menschen – er langweilte sich schrecklich auf Autofahrten, und es tat ihm Leid, dass er kein Buch mitgenommen hatte. Klaus las leidenschaftlich gern und mit seinen knapp zwölf Jahren hatte er schon mehr

Bücher gelesen als die meisten Menschen während ihres ganzen Lebens. Manchmal las er bis spät in die Nacht, und morgens fand man ihn dann tief schlafend, das Buch noch in der Hand und die Brille auf der Nase.

»Auch Dr. Montgomery wird euch bestimmt gefallen«, sagte Mr. Poe. »Er ist weit gereist und weiß daher viele Geschichten zu erzählen. Sein Haus soll vollgestopft sein mit Sachen, die er aus all den Ländern mitgebracht hat, in denen er gewesen ist.«

»Bax!«, quiekte Sunny. Die jüngste der Baudelaire-Waisen redete oft auf diese Art, wie Kleinkinder es eben tun. Wenn sie nicht gerade mit ihren vier äußerst scharfen Zähnen in irgendetwas hineinbiss, verbrachte sie den Großteil ihrer Zeit damit, solche Wortfetzen hervorzubringen. Es war oft schwer zu sagen, was sie eigentlich meinte. In diesem Moment wollte sie vermutlich so etwas Ähnliches sagen wie: »Ich bin ganz schön aufgeregt bei dem Gedanken, einen neuen Verwandten kennen zu lernen.« Das ging allen drei Geschwistern so.

»Wie ist Dr. Montgomery eigentlich genau mit uns verwandt?«, wollte Klaus wissen.

»Dr. Montgomery ist – lass mich nachdenken –, der Bruder der Frau des Cousins deines verstorbenen Vaters. Ich glaube, so müsste es stimmen. Er ist irgendeine Art Wissenschaftler und bekommt einen

Haufen Geld von der Regierung.« Als Bankier interessierte sich Mr. Poe immer sehr für alles, was mit Geld zusammenhing.

»Wie sollen wir ihn denn nennen?«, fragte Klaus.

»Ihr solltet ihn Dr. Montgomery nennen«, antwortete Mr. Poe, »es sei denn, er erlaubt euch, Montgomery zu ihm zu sagen. Sein Vorname ist auch Montgomery, wie sein Nachname, so dass es letztlich keinen großen Unterschied macht.«

»Er heißt also Montgomery Montgomery?«, fragte Klaus schmunzelnd.

»Ja, und ich würde euch raten, euch über diese Tatsache nicht zu mokieren, er ist in diesem Punkt bestimmt sehr empfindlich«, sagte Mr. Poe und hustete wieder in sein Taschentuch. »›Sich mokieren‹ bedeutet übrigens so viel wie ›sich lustig machen‹.«

Klaus seufzte. »Ich weiß, was ›sich mokieren‹ bedeutet«, sagte er. Was er nicht sagte, war, dass er selbstverständlich auch wusste, dass es sich nicht gehörte, sich über den Namen eines Menschen lustig zu machen. Manche Leute schienen zu glauben, dass die Waisen, nur weil ihnen so großes Unglück widerfahren war, geistig eher beschränkt sein müssten.

Auch Violet seufzte und nahm das Band aus ihrem Haar. Sie hatte versucht, etwas zu erfinden, das den Geruch von Meerrettich daran hinderte, bis zu den Nasen der Menschen zu gelangen, aber sie war zu aufgeregt bei dem Gedanken an die Begegnung mit Dr. Montgomery, um sich darauf konzentrieren zu können. »Wissen Sie, was für eine Art Wissenschaftler er ist?«, fragte sie. Vielleicht hatte Dr. Montgomery ja ein Laboratorium, das ihr nützlich sein könnte.

»Leider nicht«, musste Mr. Poe eingestehen. »Ich war vollauf damit beschäftigt, die Dinge für euch drei zu regeln, so dass mir zum Plaudern kaum Zeit blieb. Ah, hier ist die Auffahrt. Wir sind da.«

Mr. Poe lenkte seinen Wagen einen steilen Kiesweg hoch bis vor ein riesiges Steinhaus. Die rechteckige Eingangstür war aus dunklem Holz und mehrere Säulen flankierten das Portal. Zu beiden Seiten des Eingangs waren Lampen in Gestalt von Fackeln angebracht und trotz der Morgenstunde leuchteten sie hell. Oberhalb der Haustür gab es mehrere Reihen rechteckiger Fenster, von denen die meisten zum Lüften offen standen. Vor dem Haus aber gab es etwas zu sehen, das gelinde gesagt ungewöhnlich war: Am Rande des ausgedehnten, gepflegten Rasens wuchs eine Hecke aus zahlreichen hohen, schlanken Büschen in bemerkenswerten Formen. Als Mr. Poes Wagen anhielt, erkannten die Baudelaires, dass die Büsche so in Form geschnitten waren, dass sie wie Schlangen aussahen. Jeder Busch glich einer anderen Schlange – manche waren lang, andere kurz, manche züngelten, andere sperrten ihre Mäuler auf und zeigten grässliche grüne Giftzähne. Es sah ziemlich gruselig aus, und Violet, Klaus und Sunny zögerten etwas, bevor sie an ihnen vorbei auf das Haus zugingen.

Mr. Poe, der voranging, schien die Büsche gar nicht wahrzunehmen, vielleicht deswegen, weil er vollauf damit beschäftigt war, den Kindern einzubläuen, wie sie sich benehmen sollten: »Also du, Klaus, stellst bitte nicht wieder gleich zu Beginn so viele Fragen. Violet, wo hast du deine Haarschleife gelassen? Ich fand, du sahst sehr vornehm damit aus. Und einer von euch sollte darauf achten, dass Sunny Dr. Montgomery nicht beißt. Das würde bei der ersten Begegnung keinen guten Eindruck machen.«

Mr. Poe war bei der Tür angelangt und läutete. Es war die lauteste Türglocke, die die Kinder je gehört hatten. Einen Moment lang blieb es still, dann näherten sich Schritte. Violet, Klaus und Sunny sahen einander an. Sie konnten natürlich nicht wissen, dass schon sehr bald neues Elend auf sie zukommen sollte, aber trotzdem fühlten sie sich unbehaglich. *Ob Dr. Montgomery wohl ein freundlicher Mensch war? Ob er wenigstens netter war als Graf Olaf? Oder sollte er womöglich noch schlimmer sein?*

Langsam und knarrend ging die Tür auf, und die Baudelaire-Kinder hielten den Atem an, während sie in die dunkle Eingangshalle spähten. Sie sahen einen weinroten Teppich auf dem Boden liegen. Sie sahen eine bleiverglaste Lampe von der Decke baumeln. Sie sahen ein großes Ölgemälde von zwei ineinander verschlungenen Schlangen an der Wand hängen. Aber wo war Dr. Montgomery?

»Hallo?«, rief Mr. Poe. »Hallo?«

»Hallo, hallo, hallo!«, ertönte eine laute Stimme und hinter der Tür trat ein kleiner, rundlicher Mann mit einem roten Gesicht hervor. »Ich bin euer Onkel Monty und ihr kommt genau im richtigen Augenblick! Gerade eben ist meine Kokosnuss-Sahnetorte fertig geworden!«

Zweites Kapitel

»Mag Sunny keinen Kokosnusskuchen?«, fragte Onkel Monty. Mr. Poe, die Baudelaire-Waisen und ihr Onkel saßen alle um einen grellgrünen Tisch herum. Jeder hatte ein Stück Kuchen vor sich. Sowohl die Küche als auch der Kuchen waren noch warm vom Backen. Die Torte war hervorragend, saftig und sahnig und mit genau der richtigen Menge Kokos obendrauf. Violet, Klaus und Onkel Monty hatten ihre Teller schon fast leer gegessen, doch Mr. Poe und Sunny hatten beide nur ein winziges Stückchen probiert.

»Ehrlich gesagt«, antwortete Violet, »mag Sunny überhaupt kein weiches Essen. Am liebsten mag sie ganz harte Sachen.«

»Sehr ungewöhnlich für ein Kleinkind«, meinte Onkel Monty. »Aber absolut nicht ungewöhnlich für viele Schlangen. Die Barbarische Kauschlange zum Beispiel muss ständig etwas im Maul haben, sonst beginnt sie, an ihrem eigenen Mund herumzukauen. Vielleicht hätte Sunny ja gern eine rohe Mohrrübe? Die ist nun wirklich hart.«

»Eine rohe Mohrrübe wäre genau das Richtige, Dr. Montgomery«, antwortete Klaus.

Der frisch gebackene gesetzliche Vormund der Kinder hatte sich erhoben, um zum Kühlschrank zu gehen, doch nun drehte er sich noch einmal um und wedelte mit dem Zeigefinger in Klaus' Richtung. »Nennt mich bloß nicht Dr. Montgomery«, sagte er. »Das ist mir viel zu steif! Sagt einfach Onkel Monty zu mir. Nicht einmal meine Kollegen Herpetologen nennen mich Dr. Montgomery.«

»Was sind Herpetologen?«, fragte Violet.

»Wie nennen sie dich denn?«, fragte Klaus.

»Kinder, Kinder«, mahnte Mr. Poe streng. »Ihr solltet doch nicht so viel fragen!«

Onkel Monty lächelte die Waisen an. »Das ist schon in Ordnung«, sagte er. »Wer Fragen stellt, zeigt damit nur, dass er wissbegierig ist. Eure Fragen sind ja nicht indiskret. ›Indiskret‹ heißt –«

»Wir wissen, was es bedeutet«, sagte Klaus schnell. »Es heißt so viel wie ›taktlos‹.«

»Nun, wenn du dieses Wort kennst«, sagte Onkel Monty und reichte Sunny eine große Mohrrübe, »dann solltest du auch wissen, was Herpetologie bedeutet.«

»Es ist die Wissenschaft von etwas«, antwortete Klaus. »Immer, wenn ein Wort auf *-ologie* endet, ist es die Wissenschaft von etwas.«

»Schlangen!«, rief Onkel Monty begeistert. »Schlangen, Schlangen, Schlangen! Das ist meine Wissenschaft. Ich liebe Schlangen, alle Arten von Schlangen, und ich reise um den ganzen Globus herum auf der Suche nach unbekannten Spezies, die ich dann hier in meinem Laboratorium beobachte. Ist das nicht interessant?«

»Und ob«, sagte Violet, »hochinteressant – aber ist es nicht auch gefährlich?«

»Nicht, wenn man sich auskennt«, sagte Onkel Monty. »Mr. Poe, hätten Sie vielleicht auch gern eine rohe Möhre? Sie haben Ihren Kuchen kaum angerührt.«

Mr. Poe wurde rot und hustete erst einmal in sein Taschentuch, bevor er antwortete. »Nein, vielen Dank, Dr. Montgomery.«

Onkel Monty zwinkerte den Kindern zu. »Wenn Sie mögen, können Sie ruhig auch Onkel Monty zu mir sagen, Mr. Poe.«

»Danke, Onkel Monty«, sagte Mr. Poe steif. »Aber eine Frage hätte ich, wenn Sie nichts dagegen haben. Sie erwähnten, dass Sie um den ganzen Globus zu reisen pflegen. Gibt es denn jemanden, der herkommt und sich um die Kinder kümmert, wenn Sie unterwegs sind auf der Suche nach neuen Reptilien?«

»Wir sind alt genug, uns um uns selber zu kümmern«, beeilte sich Violet zu sagen, obwohl sie in ihrem Innersten nicht ganz so überzeugt war. Onkel Montys Arbeit klang ja sehr interessant, aber ob sie so gern ganz allein mit ihren Geschwistern in einem Haus voller Schlangen sein wollte, da war sie sich nicht sicher.

»Nichts da!«, sagte Onkel Monty. »Ihr drei kommt natürlich mit. In zehn Tagen brechen wir auf nach Peru und ich will euch Kinder unbedingt im Dschungel bei mir haben.«

»Ist das wahr?«, fragte Klaus. Seine Augen hinter den Brillengläsern leuchteten vor Aufregung. »Du würdest uns wirklich mitnehmen nach Peru?«

»Ich werde sogar froh sein über eure Hilfe«, sagte Onkel Monty und griff nach Sunnys Kuchen, um ein Stück davon abzubeißen. »Gustav, mein wichtigster Assistent, hat mir gestern völlig unerwartet ein Kündigungsschreiben gesandt. Ich habe bereits jemanden engagiert, der seinen Platz einnehmen soll, aber dieser Mann – er heißt Stefano – kommt erst in einer Woche oder so, und das heißt, dass ich mit meinen Reisevorbereitungen weit hinterherhinke. Jemand muss sich darum kümmern, dass alle Schlangenfallen in Ordnung sind, damit auch keines unserer neuen Exemplare verletzt wird. Jemand muss alles lesen über die Geographie Perus, damit wir ohne Probleme durch den Urwald kommen. Und schließlich muss jemand eine endlose Rolle Seil in handliche kleine Stücke zerteilen.«

»Ich interessiere mich sehr für Mechanik«, sagte Violet und leckte ihre Gabel ab, »deswegen würde ich gern alles über Schlangenfallen lernen.«

»Mich faszinieren Reiseführer«, sagte Klaus und wischte sich den Mund mit einer Serviette ab, »deswegen würde ich liebend gern alles über die Geographie Perus nachlesen.«

»Idschipp!«, quiekte Sunny und biss ein Stück von ihrer Mohrrübe ab. Das sollte vermutlich so viel heißen wie: »Ich fände es toll, eine endlos lange Rolle Seil in handliche kleine Stücke zu zerbeißen.«

»Wunderbar!«, rief Onkel Monty aus. »Ich freue mich über euren Enthusiasmus. Das wird es mir sicherlich leichter machen, ohne Gustav zurechtzukommen. Höchst seltsam, dass er mich auf diese Weise verlassen hat. Es ist ein großes Unglück für mich, ihn zu verlieren.« Onkel Montys Stirn umwölkte sich, was so viel heißt wie: »Onkel Montys Gesicht nahm einen traurigen Ausdruck an, während er über sein Unglück nachdachte.« Allerdings: Hätte Onkel Monty gewusst, welches Unglück sie alle bald ereilen sollte, dann hätte er bestimmt keinen Gedanken an Gustav verschwendet. Ich wünschte durchaus – und ich bin mir sicher, dass es dir auch so geht –, wir könnten die Zeit zurückdrehen und ihn warnen, aber das geht nicht, und also ist es nun so, wie es ist. Dasselbe schien auch Onkel Monty zu denken, denn nun lächelte er und schüttelte den Kopf, so als wollte er beunruhigende Gedanken aus seinem Kopf vertreiben. »Nun, vielleicht sollten wir uns an die Arbeit machen. Wie pflege ich immer zu sagen? Was du heute kannst besorgen ... Ihr könntet Mr. Poe zu seinem Wagen bringen und anschließend zeige ich euch den Reptiliensaal.«

So ängstlich die drei Baudelaire-Kinder gewesen waren, als sie das erste Mal zwischen den schlangenförmigen Büschen hindurchgingen, so unbekümmert sprangen sie jetzt daran vorbei, während sie Mr. Poe zu seinem Auto begleiteten.

»Also, Kinder«, sagte Mr. Poe und hustete in sein Taschentuch. »In etwa einer Woche bin ich wieder da, bringe euch euer Gepäck und vergewissere mich, dass alles in Ordnung ist. Ich verstehe, dass Dr. Montgomery zunächst vielleicht etwas einschüchternd auf euch wirkt, aber ich bin sicher, mit der Zeit werdet ihr euch an ihn –«

»Er schüchtert uns überhaupt nicht ein«, unterbrach ihn Klaus. »Er macht einen sehr umgänglichen Eindruck.«

»Ich kann es kaum erwarten, den Reptiliensaal zu sehen!«, sagte Violet aufgeregt.

»Mika!«, sagte Sunny, was vermutlich so viel hieß wie: »Auf Wiedersehen, Mr. Poe. Danke, dass Sie uns hierhergebracht haben.«

»Auf Wiedersehen, Kinder«, sagte Mr. Poe. »Vergesst nicht, es ist nicht weit aus der Stadt hierher, setzt euch also bitte mit mir oder sonst jemandem bei der *Vereinten Vermögensverwaltung* in Verbindung, wenn ihr irgendein Problem haben solltet. Bis bald dann.« Er winkte den Waisen etwas linkisch mit seinem Taschentuch zu, kletterte in sein kleines Auto und fuhr den steilen Kiesweg hinab zur Schaurigen Chaussee. Violet, Klaus und Sunny winkten zurück und hofften, dass Mr. Poe daran dächte, die Fenster hochzukurbeln, bevor der Gestank nach Meerrettich unerträglich würde.

»Bambini!«, rief ihnen Onkel Monty von der Tür aus zu. »Hierher, Bambini!«

Die Baudelaire-Waisen rannten zwischen den Hecken hindurch dorthin, wo ihr neuer Vormund auf sie wartete. *»Violet,* Onkel Monty«, sagte Violet. »Ich heiße Violet, mein Bruder heißt Klaus und unsere kleine Schwester heißt Sunny. Bambini heißt keiner von uns.«

»›Bambini‹ ist das italienische Wort für ›Kinder‹«, erklärte Onkel Monty. »Ich hatte gerade so eine Anwandlung, ein wenig Italienisch zu sprechen. Ich finde es so aufregend, euch drei hier bei mir zu haben, dass ihr von Glück reden könnt, dass ich nicht überhaupt nur noch Kauderwelsch rede.«

»Hast du nie eigene Kinder gehabt?«, wollte Violet wissen.

»Leider nein«, antwortete Onkel Monty. »Ich hatte immer vor, mir eine Frau zu suchen und eine Familie zu gründen, aber irgendwie ist es mir dann doch wieder entfallen. Soll ich euch jetzt den Reptiliensaal zeigen?«

»Ja, bitte«, sagte Klaus.

Onkel Monty führte sie an dem Schlangengemälde in der Eingangshalle vorbei in einen großen Raum mit einer sehr, sehr hohen Decke und einem imposanten Treppenaufgang. »Eure Zimmer sind dort oben«, sagte Onkel Monty und wies die Treppe hinauf. »Sucht euch aus, welchen Raum jeder von euch am liebsten haben möchte, und verteilt die Möbel so, wie es euch gefällt. Da Mr. Poe mit seinem Winzlingsauto euer Gepäck ja wohl erst noch bringen muss, macht bitte eine Liste von allem, was ihr braucht. Morgen fahren wir dann in die Stadt und kaufen alles ein, damit ihr nicht jeden Tag dieselbe Unterwäsche tragen müsst.«

»Bekommen wir wirklich jeder ein eigenes Zimmer?«, fragte Violet.

»Selbstverständlich«, sagte Onkel Monty. »Ihr glaubt doch wohl nicht, dass ich euch alle in einem einzigen Raum zusammenpferche, wo ich so ein riesiges Haus habe? Wer würde so etwas schon tun?«

»Graf Olaf hat es getan«, sagte Klaus.

»Ah ja, stimmt, Mr. Poe hat mir davon erzählt«, sagte Onkel Monty und verzog die Miene, als hätte er gerade in etwas ganz Ekelhaftes gebissen. »Es hört sich ganz so an, als wäre Graf Olaf ein grässlicher Mensch. Ich hoffe, er wird eines Tages von wilden Tieren zerrissen. Wäre das nicht eine Genugtuung? Aha, hier wären wir: der Reptiliensaal.«

Onkel Monty war vor einer auffallend hohen Holztür stehen geblieben. Genau in der Mitte war ein großer Türknauf angebracht, und Onkel Monty musste sich auf die Zehenspitzen stellen, um an ihn heranzukommen. Als die Tür knarrend aufging, blieb den Baudelaire-Waisen erst einmal der Mund offen stehen, so erstaunt und entzückt waren sie.

Der Reptiliensaal war vollständig aus Glas gebaut: Über hellen, kristallklaren Glaswänden erhob sich ein hohes gläsernes Dach, dessen Bögen am höchsten Punkt wie bei einer Kathedrale spitz zusammenliefen. Außen waren die Glaswände von saftig grünen Rasenflächen und Büschen umgeben, die durch die durchsichtigen Wände natürlich gut zu sehen waren, weswegen man sich im Reptiliensaal sozusagen gleichzeitig drinnen und draußen befand. Doch so eindrucksvoll der Raum selbst auch war, noch viel aufregender war das, was es darin zu sehen gab. Reptilien – was auch sonst? – befanden sich in verschlossenen Metallkäfigen auf Holztischen, die sich in vier ordentlichen Reihen über die ganze Länge des Raumes erstreckten. Zunächst gab es da alle möglichen Arten von Schlangen, aber auch Eidechsen, Kröten und verschiedene andere Tiere, die die Kinder nie zuvor gesehen hatten, nicht einmal auf Abbildungen oder im Zoo. Hier gab es eine dicke, fette Kröte, aus deren Hinterleib zwei Flügel herausragten, dort eine zweiköpfige Eidechse mit leuchtend gelben Streifen auf dem Bauch. Eine Schlange hatte drei Mäuler, eines über dem anderen, eine andere dagegen schien überhaupt keinen Mund zu haben. Eine der Eidechsen erinnerte an eine Eule, so wie sie die Kinder mit weit aufgerissenen Augen von einem Baumstamm in ihrem Käfig aus anstarrte, und eine Kröte sah allen Ernstes wie eine Kirche aus, selbst die Augen wirkten wie bleiverglast. Dann gab es noch einen Käfig, der mit einem weißen Tuch abgedeckt war, so dass man gar nicht sehen konnte, was darin war.

Die Kinder gingen durch alle Gänge von einem Käfig zum anderen und spähten in staunendem Schweigen in jeden einzelnen hinein. Einige der Tiere sahen freundlich aus, andere Furcht einflößend, alle aber waren absolut faszinierend, und die Baudelaires betrachteten eines nach dem anderen lange und gründlich. Klaus hielt Sunny auf dem Arm, so dass auch sie in jeden Käfig hineinschauen konnte.

Die Waisen waren so fasziniert von den Käfigen, dass sie zunächst gar nicht bemerkten, was sich am anderen Ende des Reptiliensaals befand, bis sie jeden Gang von vorn bis hinten abgelaufen waren. Als sie aber ganz am Ende des Raumes anlangten, blieb ihnen noch einmal vor Erstaunen und Entzücken der Mund weit offen stehen. Hier nämlich, hinter den vielen Reihen von Käfigen, gab es viele Reihen von Regalen, und jedes einzelne war voll gestopft mit Büchern in unterschiedlichen Größen und Formaten. In einer Ecke bei den Regalen standen etliche kleine Tische, Stühle und Leselampen. Ich bin sicher, du erinnerst dich noch, dass die Eltern der Baudelaire-Kinder über eine gewaltige Büchersammlung verfügten, an die sich die Waisen liebevoll erinnerten und die sie schmerzlich vermissten. Seit dem furchtbaren Feuer waren sie jedes Mal außer sich vor Freude, wenn sie jemanden trafen, der Bücher ebenso liebte wie sie. Violet, Klaus und Sunny betrachteten die Bücher ebenso gründlich, wie sie zuvor die Reptilienkäfige betrachtet hatten, und stellten schnell fest, dass die meisten der Bücher von Schlangen und anderen Reptilien handelten.

Es schien, als ob jedes Buch, das überhaupt je über Reptilien geschrieben worden war, in diesen Regalen vorhanden wäre, angefangen bei *Große Eidechsen – Eine Einführung* bis hin zu *Pflege und Ernährung der Androgynen Kobra,* und alle drei Kinder, insbesondere aber Klaus, freuten sich schon sehr darauf, alles über die Tiere, die hier im Reptiliensaal versammelt waren, nachzulesen.

Violet brach schließlich das ausgedehnte Schweigen. »Wirklich ein eindrucksvoller Ort«, sagte sie.

»Danke schön«, antwortete Onkel Monty. »Dies alles zusammenzutragen war mein Lebenswerk.«

»Und du erlaubst uns tatsächlich, hierher zu kommen?«, fragte Klaus.

»Ob ich es euch *erlaube*??«, wiederholte Onkel Monty. »Natürlich nicht! Ich flehe euch an, herzukommen, mein Junge. Ab morgen in aller Früh werdet ihr drei jeden Tag hier sein, um unsere Expedition nach Peru vorzubereiten. Dir, Violet, werde ich einen Tisch freiräumen, damit du an den Fallen arbeiten kannst. Von dir, Klaus, erwarte ich, dass du alle Bücher über Peru liest, die ich besitze, und genaueste Aufzeichnungen darüber machst. Und Sunny kann auf dem Boden sitzen und die Seile in Stücke beißen. Wir werden jeden Tag bis zum Abendessen arbeiten und nach dem Abendessen gehen wir ins Kino. Irgendwelche Einwände?«

Violet, Klaus und Sunny schauten einander grinsend an. *Einwände?* Die Baudelaire-Waisen hatten zuvor bei Graf Olaf gelebt, der sie gezwungen hatte, Holz zu hacken und hinter seinen betrunkenen Gästen aufzuräumen, während er gleichzeitig Pläne schmiedete, wie er ihnen ihr Vermögen rauben könnte. Onkel Monty hingegen hatte ihnen gerade einen Vorschlag gemacht, wie sie ihre Zeit auf wunderbare Weise verbringen könnten, und die Kinder strahlten ihn an. Selbstverständlich hatten sie keinerlei Einwände. Violet, Klaus und Sunny betrachteten mit großen Augen den Reptiliensaal und stellten sich vor, wie all ihr Elend ein Ende haben würde, jetzt, wo sie unter der Obhut von Onkel Monty lebten. Sie täuschten sich natürlich, was das Ende ihres Elends anging, aber in diesem Moment waren die drei Geschwister hoffnungsfroh, aufgeregt und glücklich.

»Nein, nein, nein«, schrie Sunny, was anscheinend eine Antwort auf Onkel Montys Frage sein sollte.

»Gut, gut, gut«, antwortete Onkel Monty lächelnd. »Dann sollten wir jetzt vielleicht mal klären, wer welches Zimmer bekommt.«

»Onkel Monty«, sagte Klaus schüchtern, »ich hätte noch eine Frage.«

»Und welche wäre das?«, fragte Onkel Monty.

»Was befindet sich in dem Käfig mit dem Tuch darüber?«

Onkel Monty sah erst den Käfig an und dann die Kinder. Ein strahlendes Lächeln ging über sein Gesicht, so freute er sich. »Das, meine Lieben, ist eine neue Schlange, die ich von meiner letzten Reise mitgebracht habe. Gustav und ich sind die einzigen Menschen, die sie bisher gesehen haben. Nächsten Monat werde ich sie der Herpetologischen Gesellschaft als Neuentdeckung präsentieren, doch euch will ich schon vorher einen Blick darauf gestatten. Stellt euch mal hier auf.«
Die Baudelaire-Waisen folgten Onkel Monty zu dem abgedeckten Käfig, und mit einer demonstrativen Geste – was so viel bedeutet wie »mit einer schwungvollen Handbewegung, die Aufmerksamkeit erregen soll« – riss er das Tuch vom Käfig. Darin befand sich eine große, schwarze Schlange, schwarz wie ein Kohlenschacht und dick wie ein Abflussrohr, die den Waisen mit ihren funkelnden grünen Augen direkt ins Gesicht starrte. Sobald das Tuch entfernt worden war, begann das Reptil sich zu strecken und schlängelte sich durch den Käfig.
»Da ich sie entdeckt habe«, sagte Onkel Monty, »muss ich ihr auch einen Namen geben.«
»Und wie heißt sie?«, fragte Violet.
»Die Unglaublich Tödliche Viper«, antwortete Onkel Monty, und in diesem Moment geschah etwas, was dich sicherlich interessieren wird: Mit einem

Schlag ihres Schwanzes entriegelte die Schlange die Tür ihres Käfigs. Sie glitt über den Tisch, und bevor Onkel Monty oder eine der Baudelaire-Waisen noch etwas sagen konnte, öffnete sie ihr Maul und biss Sunny direkt ins Kinn.

Drittes Kapitel

Es tut mir aufrichtig Leid, dass ich dich so in der Luft hängen gelassen habe, aber während ich dabei war, die Geschichte der Baudelaire-Waisen aufzuschreiben, fiel mein Blick zufällig auf die Uhr, und mir wurde klar, dass ich eine Einladung zu einem förmlichen Abendessen bei einer Freundin, Madame diLustro, hatte und nahe daran war, mich zu verspäten. Madame diLustro ist eine gute Freundin, eine ausgezeichnete Detektivin und eine wunderbare Köchin, aber wenn man auch nur fünf Minuten später erscheint als auf der Einladung angegeben, dann schäumt sie vor Wut, weswegen du verstehen wirst, dass ich einfach alles stehen und liegen lassen musste. Am Ende des letzten Kapitels hast du bestimmt gedacht, Sunny sei tot und dies sei das Schreckliche, das den Baudelaires im Haus von Onkel Monty zugestoßen ist; doch ich versichere dir, dass Sunny diese spezielle Episode überlebt. Wer irgendwann stirbt, das ist unglücklicherweise Onkel Monty, aber so weit ist es noch nicht.

Als die Unglaublich Tödliche Viper ihre Giftzähne

in Sunnys Kinn schlug, sahen Violet und Klaus entsetzt, wie Sunnys kleine Augen sich schlossen und ihr Gesicht ganz starr wurde. Doch dann, mit einer Bewegung, die ebenso unvermittelt erfolgte wie die der Schlange, lächelte Sunny strahlend, öffnete den Mund und biss die Unglaublich Tödliche Viper mitten in ihre winzige, schuppige Nase. Die Schlange ließ von Sunnys Kinn ab, und Violet und Klaus sahen, dass ihre Zähne so gut wie keine Spuren hinterlassen hatten. Die beiden älteren Baudelaire-Geschwister schauten Onkel Monty an und Onkel Monty schaute zurück und lachte. Sein lautes Gelächter hallte von den Glaswänden des Reptiliensaals wider.

»Onkel Monty, was sollen wir nur machen?«, fragte Klaus verzweifelt.

»Oh, es tut mir so Leid, meine Lieben«, sagte Onkel Monty und wischte sich die Tränen aus den Augen. »Ihr müsst furchtbar erschrocken sein. Aber die Unglaublich Tödliche Viper ist eines der freundlichsten und harmlosesten Geschöpfe im Tierreich. Sunny braucht sich keine Sorgen zu machen und ihr zwei auch nicht.«

Klaus sah seine kleine Schwester an, die er noch immer im Arm hielt und die gerade beide Arme um den kräftigen Körper der Unglaublich Tödlichen Viper schlang. Er begriff, dass Onkel Monty offensichtlich die Wahrheit gesagt hatte. »Aber wieso heißt sie dann die Unglaublich Tödliche Viper?«

Onkel Monty lachte wieder. »Wir haben es hier gewissermaßen mit dem Gegenteil von einem Euphemismus zu tun«, sagte er, womit er sagen wollte, dass es sich bei dem Namen um eine bewusste Irreführung handelte. »Ihr wisst doch noch – weil ich das Tier entdeckt habe, muss ich es auch benennen. Erzählt aber niemandem von der Unglaublich Tödlichen Viper, ich will den Kollegen der Herpetologischen Gesellschaft nämlich einen gehörigen Schrecken einjagen, bevor ich ihnen erkläre, dass die Schlange absolut harmlos ist! Weiß der Himmel, wie oft sie mich mit meinem Namen aufgezogen haben. ›Hallo, hallo, Montgomery Montgomery‹, sagen sie gerne. ›Wie geht's, wie geht's, Montgomery Montgomery?‹ Aber dieses Jahr werde ich mich rächen und zwar mit diesem Streich.« Onkel Monty richtete sich zu seiner vollen Höhe auf und begann mit gestelzter Wissenschaftlerstimme zu sprechen. »›Kollegen‹, werde ich sagen, ›ich möchte Ihnen eine neue Spezies vorstellen, die Unglaublich Tödliche Viper, die ich in den Wäldern im Südwesten von – oh mein Gott, jetzt ist sie mir entschlüpft!‹ Und dann, wenn die erlauchten Mitglieder der Herpetologenzunft sämtlich auf Tische und Stühle gesprungen sind und Angstschreie ausstoßen, dann werde ich ihnen sagen, dass diese Schlange keiner Fliege etwas zuleide tun würde! Was meint ihr – wird das nicht zwerchfellerschütternd?«

Violet und Klaus sahen einander an, und dann begannen auch sie zu lachen, teils aus Erleichterung, weil ihre Schwester unverletzt war, teils aus Erheiterung, weil sie Onkel Montys geplanten Streich witzig fanden.

Klaus setzte Sunny auf den Boden, und die Unglaublich Tödliche Viper folgte ihr und ringelte ihren Schwanz liebevoll um das kleine Mädchen, so wie du vielleicht deinen Arm um jemanden legst, den du sehr gern hast.

»Gibt es in diesem Raum irgendwelche Schlangen, die tatsächlich gefährlich sind?«, wollte Violet wissen.

»Selbstverständlich«, sagte Onkel Monty. »Man kann sich nicht vierzig Jahre lang als Forscher mit Schlangen beschäftigen, ohne einigen wirklich gefährlichen Exemplaren zu begegnen. Ich habe einen ganzen Schrank voll mit Proben des Gifts jeder bekannten Giftschlange. Auf diese Weise kann ich diese gefährlichen Tiere erforschen. Es gibt in diesem Raum eine Schlange, deren Gift so tödlich ist, dass euer Herz schon aufgehört hätte zu schlagen, bevor ihr überhaupt gemerkt habt, dass ihr gebissen worden seid. Dann gibt es eine Schlange, die ihr Maul so weit aufreißen kann, dass sie uns alle, und zwar gleichzeitig, auf einen Satz verschlingen könnte. Außerdem gibt es zwei Schlangen, die gelernt haben, so rücksichtslos Auto zu fahren, dass sie euch auf der Straße über den Haufen fahren würden, ohne auch nur anzuhalten, um sich zu entschuldigen. Aber all diese Schlangen befinden sich in Käfigen mit viel robusteren Schlössern, und wenn man sich lang genug mit ihnen beschäftigt hat, weiß man auch, wie man gefahrlos mit ihnen umgehen kann. Ich verspreche euch, wenn ihr euch Zeit nehmt und euch über die Tiere informiert, dann kann euch hier in diesem Raum nichts geschehen.«

Es gibt eine Art von Situation, die man immer wieder erlebt und die genau an dieser Stelle der Geschichte der Baudelaire-Waisen auch vorkommt. Ich meine die *dramatische Ironie.* Einfach ausgedrückt spricht man dann von dramatischer Ironie, wenn eine Person eine harmlose Bemerkung macht und ein Dritter, der sie hört, etwas weiß, was dieser Bemerkung einen anderen, meist unangenehmen Sinn verleiht. Stell dir vor, du sitzt in einem Restaurant und sagst laut: »Ich kann es kaum abwarten, bis meine Kalbsmedaillons in Marsala serviert werden.« Gleichzeitig sitzen aber Leute in der Nähe, die wissen, dass das Essen vergiftet ist und du beim ersten Bissen tot umfällst. In so einer Situation könnte man von dramatischer Ironie sprechen. Dramatische Ironie ist von äußerster Grausamkeit und eigentlich immer zutiefst erschreckend, und deswegen tut es mir Leid, dass ich sie in diesem Buch überhaupt vorkommen lassen muss. Andererseits ist das Leben von Violet, Klaus und Sunny so tragisch, dass es nur eine Frage der Zeit war, bevor die dramatische Ironie ihr gemeines, hässliches Haupt erheben würde.

Während du und ich also zuhören, wie Onkel Monty den drei Baudelaire-Waisen versichert, dass ihnen im Reptiliensaal niemals irgendetwas zustoßen werde, müsste uns eigentlich jenes seltsame Gefühl überkommen, das die dramatische Ironie begleitet. Es ist nicht unähnlich dem, das wir in einem Aufzug verspüren, der plötzlich abwärts fährt, oder auch im Bett, wenn wir uns gerade ganz gemütlich unter die Decke gekuschelt haben und mit einem Mal die Schranktür knarrend aufgeht und uns jemanden enthüllt, der sich dort versteckt hielt. Denn ganz gleich, wie glücklich und geborgen die drei Kinder sich fühlten, wie beruhigend Onkel Montys Worte auch klangen – du und ich, wir wissen, dass Onkel Monty schon bald nicht mehr unter den Lebenden weilt und die Baudelaires wieder einmal im Elend landen.

Doch zunächst verbrachten die Baudelaires erst einmal eine ganz wundervolle Woche in ihrem neuen Heim. Jeden Morgen, wenn sie aufwachten und sich ankleideten, fanden sie sich in der Geborgenheit des Zimmers wieder, das jeder von ihnen sich ausgewählt und seinem Geschmack entsprechend eingerichtet hatte. Violet hatte sich ein Zimmer mit einem besonders großen Fenster ausgesucht, das auf den Vorgarten mit den in Schlangenform zurechtgestutzen Büschen hinausging. Sie dachte, dieser Ausblick könnte sie bei ihren Erfindungen inspirieren. Onkel Monty hatte ihr erlaubt, große weiße Papierbögen an alle Wände ihres Zimmers zu heften, so dass sie ihre Einfälle jederzeit skizzieren konnte, auch mitten in der Nacht. Klaus hatte einen Raum mit einem gemütlichen Alkoven – so nennt man eine ganz, ganz kleine Nische, gerade richtig, um darin zu sitzen und zu lesen. Mit Onkel Montys Erlaubnis hatte er einen großen gepolsterten Sessel aus dem Wohnzimmer nach oben geschleppt und in diesem Alkoven aufgestellt, unter einer schweren Leselampe aus Messing. Statt im Bett zu lesen, kuschelte er sich jeden Abend mit einem Buch aus Onkel Montys Bibliothek in diesen Sessel, und dort saß er dann manchmal bis zum Morgen. Sunny hatte sich ein Zimmer ausgesucht, das zwischen denen von Violet und Klaus lag, und hatte es angefüllt mit lauter kleinen, harten Gegenständen, die sie im ganzen Haus zusammengesucht hatte, so dass sie darauf herumbeißen konnte, wann immer sie Lust hatte. Es gab dort auch verschiedene Spielsachen für die Unglaublich Tödliche Viper, und so konnten die beiden auch zusammen in diesem Zimmer spielen, innerhalb vernünftiger Grenzen natürlich.

Doch am allerbesten gefiel es den Baudelaire-Waisen im Reptiliensaal. Jeden Morgen nach dem Frühstück gesellten sie sich zu Onkel Monty, der normalerweise um diese Zeit schon mit den Vorbereitungen für die anstehende Reise beschäftigt war. Violet setzte sich an einen Tisch mit den Seilen, Schnappverschlüssen und Käfigen, aus denen die verschiedenen Schlangenfallen gemacht waren, studierte die unterschiedlichen Mechanismen, reparierte, was kaputtgegangen war, und nahm manchmal Verbesserungen vor, die den Schlangen den Aufenthalt in den Käfigen auf dem langen Weg von Peru bis zu Onkel Montys Haus komfortabler machen sollten. Klaus saß ganz in der Nähe, las alle Bücher über Peru, die Onkel Monty besaß, und machte auf einem Schreibblock Aufzeichnungen. Sunny saß derweil auf dem Boden und biss mit großer Begeisterung ein langes Seil in handliche Stücke. Am allerschönsten aber war es für die jungen Baudelaires, wenn Onkel Monty ihnen alles Wichtige über seine Reptilien beibrachte. Während sie bei der Arbeit saßen, zeigte er ihnen die Kanadische Kuheidechse, ein langes, grünes Geschöpf, das köstliche Milch gab. Sie lernten die Dissonante Kröte kennen, die mit ihrer kollernden Stimme menschliche Sprache nachahmen konnte. Onkel Monty zeigte ihnen auch, wie sie mit dem Tintenmolch umgehen mussten, ohne ganz schwarze Finger zu bekommen, und woran sie erkennen konnten, ob die Cholerische Python gereizt war und am besten in Ruhe gelassen werden sollte. Er brachte ihnen bei, dass sie der Grünen Glubschaugenkröte nicht zu viel Wasser geben durften und dass sie niemals, unter gar keinen Umständen, die Virginianische Wolfsschlange in die Nähe einer Schreibmaschine lassen durften.

Während Onkel Monty ihnen die unterschiedlichen Reptilien erklärte, kam er häufig ins Fabulieren – was hier so viel bedeutet wie »vom Thema abkommen« – und erzählte ihnen von seinen Reisen, wobei er ihnen ausführlich die Männer und Schlangen, Frauen und Kröten, Kinder und Eidechsen beschrieb, denen er auf seinen Expeditionen begegnet war. Und es dauerte nicht lange, bis die Baudelaire-Waisen Onkel Monty alles über ihr eigenes Leben berichteten, wobei sie schließlich auch von ihren Eltern sprachen und davon, wie sehr sie sie vermissten. Onkel Monty war ebenso sehr an den

Geschichten der Kinder interessiert wie diese an seinen, und manchmal dauerten diese Gespräche so lange, dass ihnen kaum noch Zeit blieb, ihr Abendessen hinunterzuschlingen, bevor sie sich in Onkel Montys winzigen Jeep zwängten, um zum Kino zu fahren.

Eines Morgens jedoch, als die Kinder ihr Frühstück beendet hatten und in den Reptiliensaal kamen, fanden sie dort nicht Onkel Monty vor, sondern nur eine Nachricht von ihm, die wie folgt lautete:

Meine lieben Bambini,

ich bin in die Stadt gefahren, um noch einige letzte Besorgungen für unsere Expedition zu machen: peruanisches Wespenschutzmittel, Zahnbürsten, Pfirsiche in Dosen und ein feuerfestes Kanu. Es wird wohl eine Weile dauern, bis ich die Pfirsiche aufgetrieben habe, so dass ihr mich nicht vor dem Abendessen zurückzuerwarten braucht.

Stefano, der Nachfolger von Gustav, kommt heute mit dem Taxi an. Bitte bereitet ihm einen freundlichen Empfang. Wie ihr wisst, sind es nur noch zwei Tage bis zum Beginn unserer Reise, also arbeitet heute besonders fleißig.

Euer Onkel Monty,

der heute absolut euphorisch ist!

»Was heißt denn ›euphorisch‹?«, fragte Violet, als sie die Nachricht gelesen hatten.
»›In Hochstimmung‹«, sagte Klaus, der das Wort aus der Biographie eines berühmten Peru-Forschers kannte. »Vermutlich will er sagen, dass er sich auf die Reise freut. Oder auf den neuen Assistenten.«
»Oder vielleicht auch über uns«, meinte Violet.
»Kindal!«, quiekte Sunny, was wahrscheinlich bedeuten sollte: »Vielleicht auch wegen allem zusammen.«
»Ich fühle mich auch irgendwie euphorisch«, sagte Klaus. »Es macht wirklich Spaß, bei Onkel Monty zu leben.«
»Das stimmt«, pflichtete Violet ihm bei. »Nach dem Brand habe ich geglaubt, dass ich nie mehr glücklich sein könnte. Aber seit wir hier sind, haben wir wirklich ein wundervolles Leben.«
»Trotzdem vermisse ich unsere Eltern«, sagte Klaus. »So nett Onkel Monty auch ist, ich wünschte doch, wir würden noch in unserem richtigen Zuhause leben.«
»Natürlich«, sagte Violet schnell. Einen Moment lang war sie still, bevor sie etwas laut aussprach, worüber sie in den letzten Tagen immer wieder nachgedacht hatte. »Ich denke, wir werden unsere Eltern immer vermissen. Aber ich denke auch, dass wir sie vermissen können, ohne die ganze Zeit unglücklich zu sein. Schließlich würden sie ja nicht wollen, dass wir unglücklich sind.«

»Wisst ihr noch«, sagte Klaus mit Wehmut in der Stimme, »als uns einmal an einem Regennachmittag langweilig war und wir uns alle die Zehennägel knallrot angemalt haben?«

»Ja«, sagte Violet grinsend, »und ich hab ein bisschen Lack auf den gelben Sessel gekippt.«

»Atscho!«, sagte Sunny leise, was vermutlich so viel heißen sollte wie: »Und der Fleck ist nie ganz rausgegangen!« Die Baudelaire-Waisen lächelten einander an und machten sich dann ohne ein weiteres Wort an die Arbeit, die für diesen Tag anstand. Den ganzen Vormittag über arbeiteten sie ruhig und zügig und spürten dabei, dass die Zufriedenheit, die sie hier in Onkel Montys Haus empfanden, den Tod der Eltern nicht auslöschte, absolut nicht, aber dass es ihnen hier wieder besser ging, nachdem sie so lange Zeit so traurig gewesen waren.

Es ist natürlich sehr, sehr schade, dass dies der letzte stille, glückliche Moment war, den die Kinder für lange Zeit haben sollten, aber daran lässt sich nun einmal nichts ändern. Gerade als die Baudelaires anfingen, über einen Imbiss nachzudenken, hörten sie, wie ein Auto laut hupend vorfuhr. Den Kindern kündigte dies die Ankunft von Stefano an. Uns sollte es den Beginn neuen Elends ankündigen.

»Das dürfte der neue Assistent sein«, sagte Klaus und schaute von dem Band *Das große peruanische Buch*

der kleinen peruanischen Schlangen auf. »Hoffentlich ist er genauso nett wie Monty.«
»Das hoffe ich auch«, antwortete Violet, während sie eine Krötenfalle schloss, um sich davon zu überzeugen, dass sie einwandfrei funktionierte. »Es wäre sehr unangenehm, mit jemandem nach Peru zu reisen, der langweilig ist oder gemein.«
»Gödscha!«, quiekte Sunny, was vermutlich so viel heißen sollte wie: »Kommt, wir gehen raus und sehen uns diesen Stefano mal an!«
Die Baudelaires verließen den Reptiliensaal und gingen zum Vordereingang hinaus. Neben den schlangenförmigen Büschen stand ein Taxi. Ein sehr großer, dünner Mann mit einem langen Bart und ohne Augenbrauen stieg gerade hinten aus dem Wagen. In der Hand hielt er einen schwarzen Koffer mit einem silberglänzenden Vorhängeschloss.
»Bilden Sie sich nicht ein, dass Sie ein Trinkgeld von mir kriegen«, sagte der bärtige Mann zum Taxifahrer. »Sie haben mir viel zu viel geredet. Sie glauben wohl, es interessiert jeden, dass Sie Vater geworden sind. – Ach, hallo! Ich bin Stefano, Dr. Montgomerys neuer Assistent. Guten Tag zusammen!«
»Guten Tag!«, sagte Violet, und als sie auf den Mann zuging, kam ihr irgendetwas an seiner näselnden Stimme vage bekannt vor.

»Guten Tag!«, sagte Klaus, und als er zu Stefano hochsah, kam ihm irgendetwas an dessen funkelnden Augen ziemlich bekannt vor .

»Guuda!«, quiekte Sunny. Stefano hatte keine Socken an, und Sunny, die auf dem Boden herumkrabbelte, konnte zwischen dem Hosensaum und dem Schuh seinen nackten Knöchel sehen. An diesem Knöchel gab es etwas, was ihr eindeutig bekannt vorkam.

Alle Baudelaire-Waisen nahmen im selben Moment dasselbe wahr und traten einen Schritt zurück, wie man es vielleicht angesichts eines knurrenden Hundes tun würde. Dieser Mann war nicht Stefano, auch wenn er sich so nannte. Die drei Kinder betrachteten Onkel Montys neuen Assistenten von Kopf bis Fuß und sahen, dass er niemand anderer war als Graf Olaf. Seine eine lange Augenbraue mochte er sich abrasiert haben und sein vernarbtes Kinn mochte nun von einem Bart überdeckt sein, aber die Tätowierung an seinem Knöchel hatte er unmöglich verstecken können.

Viertes Kapitel

Zum Schwierigsten im Leben gehört es, über das nachzudenken, was man bereut. Irgendetwas stößt einem zu und man tut genau das Falsche, und noch Jahre später wünscht man sich, man hätte anders reagiert. Mir geht es zum Beispiel manchmal so, wenn ich an einem Strand spazieren gehe oder das Grab eines Freundes besuche, dass ich an einen Tag denken muss, einen Tag vor sehr langer Zeit, an dem ich es versäumt habe, eine Taschenlampe mitzunehmen an einen Ort, den man nicht ohne Taschenlampe besuchen sollte, und die Folgen waren katastrophal. *Warum habe ich damals bloß keine Taschenlampe mitgenommen?*, frage ich mich jedes Mal, selbst wenn es längst zu spät ist, um noch irgendetwas an der Sache zu ändern. *Ich hätte eine Taschenlampe mitnehmen sollen.*

Noch Jahre nach diesem Augenblick im Leben der Baudelaire-Waisen musste Klaus daran denken, wie es war, als er und seine Geschwister erkannten, dass Stefano in Wirklichkeit Graf Olaf war. Und er bereute es bitter, dass er damals dem Taxifahrer, der schon dabei war, die Auffahrt hinunterzufahren, nichts zugerufen hatte. *Halt!*, dachte Klaus bei sich, obwohl es inzwischen zu spät war, irgendetwas daran zu ändern. *Halt! Nehmen Sie diesen Mann wieder mit!* Natürlich war es absolut verständlich, dass Klaus und seine Schwestern zu überrascht waren, um so schnell zu reagieren, doch noch Jahre später lag Klaus oft schlaflos im Bett und dachte, dass er vielleicht, vielleicht, Onkel Monty das Leben hätte retten können, wenn er nur schnell genug gehandelt hätte.

Aber das hatte er nicht. Während die Baudelaire-Waisen Graf Olaf anstarrten, bog das Taxi in die Straße ein, und die Kinder waren mit diesem Satan allein, was hier so viel bedeutet wie »mit dem schlimmsten Feind, den man sich vorstellen kann«. Olaf lächelte sie auf dieselbe Weise an, wie die Gemeine Mongolische Schlange zu lächeln pflegte, wenn man ihr die tägliche weiße Maus zum Abendessen in den Käfig setzte. »Vielleicht könnte einer von euch meinen Koffer auf mein Zimmer bringen«, schlug er mit seiner pfeifenden Stimme vor. »Ich bin nämlich hundemüde von der langweiligen und unerfreulichen Fahrt auf dieser stinkigen Straße.«

»Wenn es jemand je verdient hat, auf der Schaurigen Chaussee zu fahren«, sagte Violet und starrte ihn zornig an, »dann seid Ihr es, Graf Olaf. Und mit Eurem Gepäck werden wir Euch ganz bestimmt

nicht helfen, weil wir Euch nämlich gar nicht erst ins Haus lassen.«
Olaf sah die Kinder stirnrunzelnd an und schaute sich dann nach allen Seiten um, als erwartete er, dass sich jemand hinter den schlangenförmigen Büschen verbarg. »Graf Olaf? Wer soll das sein?«, fragte er spöttisch. »Mein Name ist Stefano. Ich bin hier, um Dr. Montgomery Montgomery bei seiner bevorstehenden Expedition nach Peru zu unterstützen. Und ihr, nehme ich an, seid drei Küchenmäuse, die hier im Haus als Diener angestellt sind.«
»Wir sind keine Mäuse«, sagte Klaus streng. »Wir sind Kinder! Und Ihr seid nicht Stefano, Ihr seid Graf Olaf. Ihr habt Euch vielleicht einen Bart stehen lassen und Euch die eine Augenbraue abrasiert, aber Ihr seid noch immer dieselbe verabscheuenswürdige Person und wir werden Euch dieses Haus nicht betreten lassen.«
»Futa!«, quiekte Sunny, was vermutlich so etwas bedeuten sollte wie: »Genau!«
Graf Olaf sah jede der drei Waisen an, und seine Augen funkelten, als machte er einen Scherz. »Ich habe keine Ahnung, wovon ihr redet«, sagte er, »aber wenn ich es wüsste und wenn ich dieser Graf Olaf wäre, von dem ihr sprecht, dann fände ich euch ausgesprochen unhöflich. Und wenn ich euch unhöflich fände, dann könnte ich ärgerlich werden.

Und wenn ich ärgerlich würde, wer weiß, wozu ich dann fähig wäre?«

Die Kinder schauten Graf Olaf an, der seine mageren Arme fragend hob und wieder senkte. Selbst dich, lieber Leser, muss man wohl kaum im Einzelnen daran erinnern, wie gewalttätig er sein konnte – die Baudelaire-Kinder jedenfalls wussten es nur zu genau. Klaus fühlte noch immer eine schmerzende Stelle an der Backe, wo Graf Olaf ihn geschlagen hatte, als sie in seinem Haus lebten. Sunny tat noch jetzt alles davon weh, dass er sie in einen Vogelkäfig gezwängt hatte und von dem Turm hinunterbaumeln ließ, in dem er seine üblen Machenschaften ausheckte. Und auch wenn Violet nie körperliche Gewalt von diesem schrecklichen Mann zu spüren bekommen hatte, so war sie doch um ein Haar gezwungen gewesen, ihn zu heiraten, und das allein reichte aus, dass sie jetzt nach seinem Koffer griff und ihn langsam zur Haustür schleifte.

»Höher«, sagte Graf Olaf. »Wirst du ihn wohl richtig hochheben! Ich will nicht, dass mein Koffer so über den Boden geschleift wird.«

Klaus und Sunny beeilten sich, Violet mit dem Koffer zu helfen, aber selbst als sie ihn zu dritt trugen, stolperten sie fast unter seinem Gewicht. Es war schlimm genug, dass Graf Olaf wieder in ihrem Leben aufgetaucht war, als sie sich gerade bei Onkel

Monty so gut und geborgen fühlten. Aber diesem grässlichen Menschen auch noch dabei behilflich zu sein, ihr Heim zu betreten, war fast mehr, als sie ertragen konnten. Graf Olaf folgte ihnen auf dem Fuße, und die drei Kinder spürten seinen üblen Mundgeruch, während sie den Koffer ins Haus trugen und ihn unter dem Gemälde der ineinander verschlungenen Schlangen auf dem Teppich absetzten.

»Danke, Waisen«, sagte Olaf und schloss die Tür hinter sich. »Dr. Montgomery sagte mir, oben werde ein Zimmer für mich bereitstehen. Ich denke, ab hier kann ich mein Gepäck selber tragen. Geht jetzt. Wir werden noch sehr viel Zeit haben, einander kennen zu lernen.«

»Wir kennen Euch bereits, Graf Olaf«, sagte Violet. »Ihr habt Euch offensichtlich überhaupt nicht verändert.«

»Ihr auch nicht«, antwortete Olaf. »Du, Violet, bist eindeutig genauso dickköpfig wie eh und je. Klaus trägt noch immer diese alberne Brille, weil er zu viele Bücher liest. Und die kleine Sunny hat, wie ich sehe, immer noch nur neun Zehen statt zehn.«

»Fut!«, quiekte Sunny, was vermutlich so viel bedeuten sollte wie: »Gar nicht wahr!«

»Wovon redet Ihr eigentlich?«, fragte Klaus ungeduldig. »Sie hat zehn Zehen, wie jeder andere auch.«

»Tatsächlich?«, sagte Olaf. »Das ist ja merkwürdig. Ich kann mich erinnern, dass sie eine Zehe bei einem Unfall verloren hat.« Seine Augen funkelten noch teuflischer, als er in seine Tasche griff und ein langes Messer hervorholte, das einer Brotsäge sehr ähnlich sah. »Ich meine mich daran zu erinnern, dass ein Mann, den es schrecklich irritierte, dass er immer wieder mit einem falschen Namen angeredet wurde, irgendwann versehentlich ein Messer auf ihren kleinen Fuß fallen ließ, wodurch ihr eine ihrer Zehen abgetrennt wurde.«

Violet und Klaus schauten erst Graf Olaf an, dann den nackten Fuß ihrer kleinen Schwester. »Das würdet Ihr nicht wagen!«, sagte Klaus.

»Wir sollten jetzt nicht darüber diskutieren, was ich wagen würde und was nicht«, sagte Olaf. »Lasst uns lieber darüber sprechen, wie ich genannt werden möchte, solange wir zusammen in diesem Haus sind.«

»Wenn Ihr darauf besteht, uns zu bedrohen, werden wir Euch Stefano nennen«, sagte Violet. »Wir werden aber nicht lange gemeinsam in diesem Haus sein.«

Stefano öffnete den Mund, um etwas zu sagen, aber Violet hatte kein Interesse daran, die Unterhaltung fortzusetzen. Sie machte auf dem Absatz kehrt und schritt hoch erhobenen Hauptes durch die gewaltige Tür des Reptiliensaals, gefolgt von ihren Geschwistern. Wenn du oder ich dabei gewesen wären, wir hätten geglaubt, dass die Baudelaire-Waisen überhaupt keine Angst hatten, so furchtlos, wie sie mit Stefano sprachen, um dann einfach wegzugehen. Doch sobald die Kinder das Ende des Raumes erreicht hatten, zeichneten sich ihre wahren Gefühle deutlich auf ihren Gesichtern ab. Die Baudelaires waren furchtbar erschrocken. Violet schlug beide Hände vors Gesicht und lehnte sich gegen einen der Reptilienkäfige. Klaus sank in einen der Sessel. Er zitterte so heftig, dass seine Füße auf dem Marmorboden klackten. Und Sunny rollte sich am Boden zu einem kleinen Ball zusammen – du hättest sie glatt übersehen, wenn du gerade hereingekommen wärst. Einige Augenblicke lang sprach keines der Kinder, sie lauschten nur den gedämpften Schritten Stefanos, der gerade die Treppen hinaufstieg, sowie ihrem eigenen Herzschlag, der in ihren Ohren dröhnte.

»Wie hat er uns nur gefunden?«, fragte Klaus. Seine Stimme war nicht mehr als ein heiseres Krächzen, so als hätte er Halsweh. »Wie hat er es geschafft, Onkel Montys Assistent zu werden? Was will er hier?«

»Er hat geschworen, das Vermögen der Baudelaires an sich zu reißen«, sagte Violet, nahm die Hände vom Gesicht und hob die zitternde Sunny auf. »Das war das Letzte, was er vor seiner Flucht zu mir sagte. Er würde unser Vermögen bekommen, und wenn es seine letzte Tat im Leben wäre, das hat er gesagt.«

Violet schauderte. Sie fügte lieber nicht hinzu, was er außerdem noch gesagt hatte – dass er nämlich alle drei Geschwister beseitigen würde, wenn er erst einmal in den Besitz ihres Vermögens gelangt sei. Es war auch nicht nötig, dass sie es aussprach. Violet, Klaus und Sunny hatten keinen Zweifel daran: Sobald er einen Trick gefunden hätte, wie er ihnen ihr Vermögen wegschnappen könnte, dann würde er den Baudelaire-Waisen die Kehle aufschlitzen, mit der gleichen Selbstverständlichkeit, mit der du oder ich einen Butterkeks essen.

»Was sollen wir nur tun?«, fragte Klaus. »Es kann noch Stunden dauern, bis Onkel Monty zurückkommt.«

»Vielleicht können wir Mr. Poe anrufen«, meinte Violet. »Die Bank hat jetzt zwar geöffnet, aber vielleicht könnte er in so einem Notfall doch einmal seinen Platz verlassen.«

»Er würde uns nicht glauben«, sagte Klaus. »Erinnerst du dich nicht, wie wir versucht haben, ihm zu sagen, was für ein Mensch Graf Olaf ist, als wir noch bei ihm lebten? Er hat so lange gebraucht, bis er die Wahrheit begriffen hat, dass es fast schon zu spät war. Ich meine, wir sollten weglaufen. Wenn wir jetzt sofort gehen, dann schaffen wir es vermutlich noch rechtzeitig in die Stadt, um einen Zug zu erwischen, der uns weit wegbringt von hier.«

Violet stellte sich vor, wie sie drei ganz allein die Schaurige Chaussee entlangliefen, unter den Bäumen mit den sauren Äpfeln und umgeben vom bitteren Gestank des Meerrettichs. »Wo sollten wir denn hingehen?«, fragte sie.

»Irgendwohin«, sagte Klaus. »Überall ist es besser als hier. Wir könnten so weit weggehen, dass Graf Olaf uns nicht findet, und unsere Namen ändern, damit niemand weiß, wer wir sind.«

»Wir haben doch gar kein Geld«, bemerkte Violet. »Wie sollen wir da allein leben?«

»Wir könnten arbeiten«, antwortete Klaus. »Ich könnte vielleicht in einer Bibliothek Arbeit finden und du in irgendeinem technischen Betrieb. Sunny wäre wohl noch zu jung, um zu arbeiten, aber in ein paar Jahren ginge das schon.«

Die drei Waisen verstummten. Sie versuchten sich vorzustellen, wie es wäre, Onkel Monty zu verlassen und auf sich selbst gestellt zu leben, Arbeit zu suchen und aufeinander aufzupassen. Es schien ihnen ein sehr einsames Dasein. Traurig schweigend saßen die Baudelaire-Kinder eine Weile da. Alle dachten sie dasselbe: Sie wünschten, ihre Eltern wären nie bei diesem Feuer umgekommen und ihr Leben wäre nicht auf diese Weise auf den Kopf gestellt worden. Wenn nur die Eltern Baudelaire noch lebten, dann hätten ihre Kinder noch nicht einmal gehört von Graf Olaf, und schon gar nicht müssten sie zusehen, wie er sich in ihrem Heim niederließ und zweifellos gemeine Pläne gegen sie schmiedete.

»Wir können nicht weggehen«, sagte Violet schließlich. »Graf Olaf hat uns einmal gefunden, und er würde uns sicher auch dieses Mal finden, ganz egal, wie weit wir auch weglaufen. Außerdem – wer weiß, wo Graf Olafs Assistenten stecken? Vielleicht haben sie inzwischen schon das Haus umstellt und halten Wache für den Fall, dass wir ihm auf die Schliche gekommen sind.«

Klaus lief ein Schauder über den Rücken. An die Assistenten von Graf Olaf hatte er gar nicht gedacht. Graf Olaf schmiedete nicht nur Pläne, wie er das Vermögen der Baudelaires an sich reißen konnte, er war auch der Leiter einer schrecklichen Theatertruppe, und seine Schauspielerkollegen waren jederzeit willens, ihm bei seinen üblen Machenschaften zu helfen. Es war eine grauenvolle Mannschaft, einer schrecklicher als der andere. Da gab es einen kahlköpfigen Mann mit einer langen Nase, der immer schwarz gekleidet war, und zwei Frauen, die immer gespenstisch weiß gepudert waren. Ein anderer Mensch war so groß und ausdruckslos, dass man nicht einmal sagen konnte, ob es ein Mann oder eine Frau war. Schließlich gab es noch einen dürren Mann, der anstelle von Händen nur zwei eiserne Haken hatte. Violet hatte Recht. Jede von diesen Gestalten mochte um Onkel Montys Haus schleichen und nur darauf warten, sie einzufangen, falls sie versuchen sollten zu entkommen.

»Ich denke, wir warten einfach ab, bis Onkel Monty zurückkommt«, sagte Violet. »Er wird uns glauben. Wenn wir ihm von der Tätowierung erzählen, dann wird er *Stefano* zumindest um eine Erklärung bitten.« Violets Tonfall, als sie *Stefano* sagte, zeigte ihre ganze Verachtung für Graf Olafs Kostümierung.

»Bist du sicher?«, fragte Klaus. »Schließlich ist Onkel Monty derjenige, der *Stefano* angeheuert hat.« Der Ton, in dem nun Klaus seinerseits den Namen *Stefano* aussprach, zeigte, dass er die Gefühle seiner Schwester teilte. »Alles, was wir wissen, ist, dass Onkel Monty und Stefano gemeinsame Pläne haben.«

»Minda!«, quiekte Sunny, was vermutlich so viel bedeuten sollte wie: »Nun mach dich nicht lächerlich, Klaus!«

Violet schüttelte den Kopf. »Sunny hat Recht. Ich kann nicht glauben, dass Onkel Monty mit Graf Olaf unter einer Decke stecken soll. Er ist so nett zu uns gewesen und so großzügig, und außerdem – wenn die beiden gemeinsame Sache machten, würde Graf

Olaf ja nicht darauf bestehen, einen falschen Namen zu benutzen.«

»Das stimmt«, sagte Klaus nachdenklich. »Also warten wir auf Onkel Monty.«

»Genau, wir warten«, stimmte Violet ihm zu.

»Tudschu«, sagte Sunny feierlich und die Geschwister sahen einander mit düsteren Blicken an.

Warten gehört zu den harten Prüfungen des Lebens. Es ist schon schwer genug, auf Schokoladenpudding zu warten, wenn man noch ein verkohltes Stück Braten auf dem Teller hat. Es ist ausgesprochen schwer, auf den Nikolaus zu warten, wenn noch der ganze langweilige Monat November vor einem liegt. Aber darauf warten zu müssen, dass der Adoptivonkel nach Hause kommt, während sich im oberen Stockwerk ein geldgieriger und gewalttätiger Mann befindet, das war eine der schrecklichsten Wartezeiten, die die Baudelaires je erlebt hatten. Um sich abzulenken, versuchten sie mit ihrer Arbeit weiterzumachen, aber sie waren zu nervös, als dass sie irgendetwas zustande gebracht hätten. Violet versuchte eine schief hängende Tür an einer der Fallen zu reparieren, doch sie konnte sich auf nichts anderes konzentrieren als auf den Knoten, zu dem sich ihr Magen vor lauter Sorge scheinbar zusammengezogen hatte. Klaus versuchte zu lesen, wie man sich am besten vor dornigen peruanischen Pflanzen schützt, aber der Gedanke an Stefano vernebelte ihm immer wieder das Gehirn. Sunny versuchte, ein Seil in Stücke zu zernagen, aber die kalte Angst schien sogar in ihren Zähnen zu sitzen und sie musste bald aufgeben. Sie hatte nicht einmal Lust, mit der Unglaublich Tödlichen Viper zu spielen. Also verbrachten die Baudelaires den Rest des Nachmittags damit, schweigend im Reptiliensaal zu sitzen, aus dem Fenster nach Onkel Montys Jeep Ausschau zu halten und auf gelegentliche Geräusche aus dem oberen Stockwerk zu lauschen. Sie mochten sich gar nicht ausmalen, was Stefano dort oben wohl gerade auspackte.

Endlich, als die schlangenförmigen Büsche schon begannen, im Licht der untergehenden Sonne lange dünne Schatten zu werfen, hörten die drei Kinder ein Motorengeräusch, das langsam näher kam, und dann bog der Jeep in die Einfahrt. Ein langes Kanu war auf dem Dach des Jeeps festgebunden und der Rücksitz war vollgeladen mit Onkel Montys Einkäufen. Der Onkel stieg, schwankend unter Einkaufstaschen, aus und sah die Kinder hinter der gläsernen Wand des Reptiliensaals. Er lächelte ihnen zu und sie lächelten zurück. Doch auch diesen Moment des Lächelns sollten sie später bereuen, denn wären sie nicht stehen geblieben, um Onkel Montys Lächeln zu erwidern, sondern stattdessen gleich zum Auto gerannt, dann hätten sie womöglich noch einen kurzen Moment allein mit ihrem Onkel gehabt. Als sie aber die Eingangshalle erreicht hatten, war der Onkel schon im Gespräch mit Graf Olaf.

»Ich wusste nicht, welche Art Zahnbürste Sie am liebsten mögen«, entschuldigte sich der Onkel gerade, »deshalb habe ich für Sie eine mit extraharten Borsten gekauft, so wie ich sie mag. Peruanisches Essen klebt meist sehr an den Zähnen, so dass man immer mindestens eine Ersatzzahnbürste braucht.«

»Extraharte Borsten sind genau richtig«, sagte Stefano. Er sprach zwar mit Onkel Monty, doch seine teuflisch funkelnden Augen waren auf die Waisen gerichtet. »Soll ich das Kanu hereinbringen?«

»Ja – aber du lieber Himmel, Sie können es unmöglich allein tragen«, antwortete Onkel Monty. »Klaus, würdest du Stefano bitte helfen?«

»Onkel Monty«, sagte Violet, »wir müssen dir etwas sehr Wichtiges sagen.«

»Ich bin ganz Ohr«, sagte Onkel Monty, »aber zuerst möchte ich euch das Wespenmittel zeigen, das ich aufgetrieben habe. Ich bin heilfroh, dass Klaus alles nachgelesen hat über die Insekten in Peru. Alle anderen Insektenmittel hätten uns nämlich überhaupt nichts genutzt.« Onkel Monty wühlte in einer der Taschen, die an seinem Arm hingen, während die Kinder ungeduldig darauf warteten, dass er fertig wurde. »Dieses hier enthält eine chemische Substanz namens –«

»Onkel Monty«, sagte Klaus, »was wir dir zu sagen haben, kann wirklich nicht warten.«

»Klaus«, sagte Onkel Monty und zog erstaunt beide Augenbrauen hoch, »es ist nicht sehr höflich, dass du deinem Onkel einfach ins Wort fällst. Und jetzt geh bitte und hilf Stefano mit dem Kanu. Gleich sprechen wir dann über alles, was ihr auf dem Herzen habt.«

Klaus seufzte, folgte Stefano aber zur Tür hinaus. Violet sah den beiden nach, wie sie auf den Jeep zugingen. Onkel Monty stellte seine Einkaufstaschen ab und sah Violet ins Gesicht. »Jetzt weiß ich nicht mehr, was ich gerade über dieses Wespenmittel sagen wollte«, sagte er und seine Stimme klang ein wenig ärgerlich. »Ich hasse es, wenn ich den Faden verliere.«

»Was wir dir sagen müssen«, begann Violet, doch da sah sie etwas, was sie verstummen ließ. Monty stand mit dem Rücken zur Tür, so dass er nicht sehen konnte, was Stefano tat, doch Violet sah, wie Stefano bei den schlangenförmigen Büschen stehen blieb, in seine Manteltasche griff und das lange Messer herauszog. Das Licht der untergehenden Sonne fing sich in der Klinge, so dass sie hell aufblitzte, geradeso wie ein Leuchtturm. Wie du vermutlich weißt, dienen Leuchttürme als Warnsignale; sie sollen Schiffen anzeigen, wo die Küste ist, damit sie nicht auflaufen. Auch das blitzende Messer war so ein Warnsignal.

Klaus blickte das Messer an, dann Stefano und schließlich Violet. Violet blickte Klaus an, dann Stefano und schließlich Monty. Sunny blickte alle an. Onkel Monty merkte gar nicht, was sich abspielte, so versessen war er darauf, sich an sein Geplapper über das Wespenmittel zu erinnern. »Was wir dir sagen müssen«, begann Violet noch einmal, aber weiter kam sie wieder nicht. Stefano hatte kein einziges Wort gesagt und das musste er auch nicht. Violet wusste, wenn sie auch nur ein Wort über seine wahre Identität verriet, dann würde Stefano ihrem Bruder etwas antun, genau da, an Ort und Stelle, bei den schlangenförmigen Büschen. Ohne ein Wort zu verlieren, hatte dieser Satan den Baudelaire-Waisen eine glasklare Warnung zukommen lassen.

Fünftes Kapitel

Die folgende Nacht war die längste und schrecklichste, die die Baudelaire-Waisen je erlebt hatten, und sie hatten nun wirklich viele lange und schreckliche Nächte hinter sich. Einmal, kurz nachdem Sunny zur Welt gekommen war, waren alle drei Kinder gleichzeitig an einer schrecklichen Grippe erkrankt und warfen sich eines Nachts im Würgegriff eines furchtbaren Fiebers in ihren Betten hin und her, während ihr Vater versuchte, sie alle gleichzeitig zu beruhigen, indem er ihnen kalte Waschlappen auf die verschwitzte Stirn legte. Dann war da die Nacht, als die drei Kinder nach dem Tod ihrer Eltern im Haus von Mr. Poe untergebracht waren und die ganze Nacht aufblieben, weil sie zu traurig und zu verstört waren, um an Schlaf auch nur zu denken. Und schließlich hatten sie natürlich manch lange und schreckliche Nacht im Haus von Graf Olaf verbracht.

Doch diese spezielle Nacht war wohl die schlimmste von allen. Von dem Moment an, als Monty zurückkehrte, bis es Schlafenszeit war, hatte Stefano die

Kinder ständig observiert, was so viel heißen soll wie: »Er beobachtete sie ständig, damit sie auf keinen Fall allein mit Onkel Monty sprechen und ihm enthüllen konnten, dass er in Wirklichkeit Graf Olaf war.« Und Onkel Monty war in Gedanken viel zu sehr bei der bevorstehenden Expedition, um zu vermuten, dass irgendetwas Ungewöhnliches im Gange war. Als sie Onkel Montys restliche Einkäufe ins Haus brachten, trug Stefano die Taschen mit nur einer Hand. Die andere steckte in der Manteltasche, in der er das lange Messer verborgen hielt, doch Onkel Monty war viel zu aufgeregt wegen all der neuen Ausrüstung, dass er gar nicht danach fragte. Als sie später in der Küche das Abendessen zubereiteten, grinste Stefano die Kinder hinterhältig an, während er die Pilze hobelte, aber Onkel Monty war so damit beschäftigt aufzupassen, dass die Sauce für sein Boeuf Stroganoff nicht anbrannte, dass er nicht einmal bemerkte, dass Stefano sein eigenes, höchst bedrohlich aussehendes Messer für die Küchenarbeit benutzte. Beim Essen erzählte Stefano lustige Geschichten und pries Montys wissenschaftliche Arbeit, und Onkel Monty fühlte sich so geschmeichelt, dass er gar nicht auf den Gedanken gekommen wäre, dass Stefano unter dem Tisch ein Messer in der Hand halten könnte, mit dessen Klinge er während des ganzen Essens an Violets Knie entlangstrich.

Und als Onkel Monty verkündete, dass er den Abend dazu nutzen wolle, seinen neuen Assistenten durch den Reptiliensaal zu führen, da merkte er in seinem Feuereifer gar nicht, dass die Baudelaires wortlos zu Bett gingen.

Zum ersten Mal schien ihnen die Tatsache, dass jeder von ihnen ein eigenes Schlafzimmer hatte, eher eine Last als ein Luxus, denn ohne die Gesellschaft der anderen fühlten sich die Waisen noch einsamer und noch hilfloser. Violet starrte auf die Papierbögen, die sie an die Wände geheftet hatte, und versuchte dahinterzukommen, was Stefano wohl planen mochte. Klaus setzte sich in seinen großen gepolsterten Sessel und knipste die Leselampe aus Messing an, doch nicht einmal aufschlagen mochte er ein Buch, so sehr drückten ihn die Sorgen. Sunny starrte auf all die harten Gegenstände in ihrem Zimmer, biss aber in keinen einzigen hinein.

Alle drei Kinder dachten daran, durch den Flur zu Onkel Montys Zimmer zu gehen und ihn aufzuwecken, um ihm zu sagen, was los war, aber um zum Schlafzimmer des Onkels zu kommen, mussten sie an Stefanos Zimmer vorbei, und Stefano hielt die ganze Nacht lang auf einem Stuhl vor seiner Tür Wache. Wann immer die Waisen ihre Türen öffneten, um durch den dunklen Gang zu spähen, sahen sie Stefanos blassen, kahlrasierten Schädel, der im

Dunkeln über seinem Körper zu schweben schien. Und sie sahen das Messer, das er wie das Pendel einer Standuhr langsam schwingen ließ. Hin und her ging es, hin und her. Es schimmerte im Dämmerlicht, und der Anblick war so grauenerregend, dass sie es nicht wagten, den Gang hinunterzugehen. Schließlich nahm das Licht im Haus das matte Blaugrau der frühen Morgendämmerung an, und die Baudelaire-Kinder gingen mit halb geschlossenen Augen die Treppe hinunter, um zu frühstücken. Nach der schlaflosen Nacht waren sie müde und alle Knochen taten ihnen weh. Sie setzten sich an den Tisch, an dem sie an ihrem ersten Morgen in diesem Haus Torte gegessen hatten, und stocherten lustlos in ihrem Essen herum. Zum ersten Mal, seit sie bei Onkel Monty waren, verspürten sie auch keinerlei Lust, in den Reptiliensaal zu gehen und sich an die Arbeit zu machen, die für den Tag anstand.

»Ich nehme an, wir müssen jetzt mal hineingehen«, sagte Violet schließlich und legte ihren Toast weg, an dem sie kaum geknabbert hatte. »Ich bin sicher, Onkel Monty ist bereits an der Arbeit und wartet auf uns.«

»Und ich bin sicher, dass Stefano ebenfalls da ist«, sagte Klaus und starrte düster in seine Schüssel. »So haben wir nie eine Chance, Onkel Monty zu sagen, was wir über Stefano wissen.«

»Jinga«, sagte Sunny traurig und ließ ihre unberührte rohe Möhre zu Boden fallen.

»Wenn Onkel Monty nur wüsste, was wir wissen«, sagte Violet, »und wenn Stefano wüsste, dass er weiß, was wir wissen. Aber Onkel Monty weiß nicht, was wir wissen, und Stefano weiß, dass er nicht weiß, was wir wissen.«

»Ich weiß«, sagte Klaus.

»Ich weiß, dass du es weißt«, sagte Violet, »aber was wir nicht wissen, ist, was Graf Olaf – ich meine, *Stefano* – tatsächlich vorhat. Er ist hinter unserem Vermögen her, das ist klar, aber wie will er daran kommen, solange wir unter Onkel Montys Obhut stehen?«

»Vielleicht wartet er einfach ab, bis du volljährig bist, und dann stiehlt er es«, sagte Klaus.

»Vier Jahre warten, das ist lang«, sagte Violet. Die drei Waisen schwiegen. Jedes der Kinder dachte daran, wo es vor vier Jahren gewesen war. Violet war damals zehn und trug ihr Haar ganz kurz. Irgendwann um ihren zehnten Geburtstag herum, das wusste sie noch, hatte sie einen neuartigen Bleistiftspitzer erfunden. Klaus war zu der Zeit etwa acht, und er konnte sich noch erinnern, dass er sich damals besonders für Kometen interessierte und sämtliche Astronomiebücher las, die er in der Bibliothek seiner Eltern finden konnte. Sunny war natürlich vor vier Jahren noch nicht einmal auf der Welt gewesen, und so saß sie jetzt da und versuchte sich zu erinnern, wie das wohl gewesen war. Allen drei Kindern schienen vier Jahre eine sehr lange Zeit.

»Auf, auf, ihr bewegt euch ja sehr langsam heute Morgen«, sagte in diesem Augenblick Onkel Monty, der in die Küche hineinplatzte. Sein Gesicht schien noch strahlender als sonst und in einer Hand hielt er ein kleines Bündel gefalteter Papiere. »Stefano ist erst seit einem Tag hier und arbeitet bereits im Reptiliensaal. Er war sogar schon vor mir auf den Beinen. Auf dem Weg nach unten bin ich fast über ihn gestolpert. Er ist wirklich bienenfleißig. Ihr drei dagegen, ihr bewegt euch ja wie die Ungarische Faulschlange, deren Höchstgeschwindigkeit bei einem halben Zentimeter pro Stunde liegt! Es gibt viel zu tun für uns heute, und ich möchte es unbedingt zur Sechs-Uhr-Vorstellung von *Zombies im Schnee* schaffen, deswegen stürzen wir uns jetzt lieber ruckzuck in die Arbeit.«

Violet schaute Onkel Monty an. Ihr war klar, dass dies vielleicht ihre einzige Gelegenheit war, mit ihm allein zu sprechen, ohne Stefano, aber er schien so aufgedreht, dass sie sich nicht sicher war, ob er ihnen auch zuhören würde. »Wo wir gerade von Stefano sprechen«, begann sie schüchtern. »Wir würden gern mit dir über ihn reden.«

Onkel Monty machte große Augen und schaute sich um, als ob Spione im Zimmer wären. Dann beugte er sich vor und flüsterte den Kindern zu: »Ich muss auch mit euch reden. Ich bin etwas misstrauisch, was Stefano angeht, und darüber würde ich gern mit euch sprechen.«

Die Baudelaire-Waisen blickten einander erleichtert an. »Ist das wahr?«, fragte Klaus.

»Natürlich«, antwortete Onkel Monty. »Gestern Abend hat mich mein neuer Assistent sehr misstrauisch gemacht. Er hat so etwas Unheimliches an sich, und ich –« Onkel Monty schaute sich wieder um, bevor er mit noch leiserer Stimme weitersprach, so dass die Kinder den Atem anhalten mussten, um ihn verstehen zu können. »Ich denke, wir sollten draußen darüber sprechen – einverstanden?«

Die Kinder nickten zustimmend und standen vom Tisch auf. Das schmutzige Geschirr ließen sie stehen, was normalerweise nicht die feine Art ist, in einem Notfall jedoch durchaus hingenommen werden kann. Sie folgten Onkel Monty zum Haupteingang, vorbei an den beiden ineinander verschlungenen Schlangen, zur Tür hinaus und auf den Rasen, so als wollten sie zu den schlangenförmigen Büschen sprechen und nicht miteinander.

»Ich möchte wirklich nicht mit meinem Ruf renommieren«, begann Onkel Monty und benutzte einen

Begriff, der hier so viel wie »prahlen« bedeutet, »aber ich bin tatsächlich einer der angesehensten Herpetologen der Welt.«

Klaus zwinkerte mit den Augen. Der Anfang der Unterhaltung war völlig anders als erwartet. »Selbstverständlich bist du das«, sagte er, »aber –«

»Und weil das so ist«, fuhr der Onkel fort, als hätte er nichts gehört, »sind leider viele Leute neidisch auf mich.«

»Das glaube ich gerne«, sagte Violet verwirrt.

»Und wenn Menschen neidisch sind«, sagte Onkel Monty und schüttelte den Kopf, »dann sind sie zu allem fähig, zu den verrücktesten Dingen. Als ich meine Doktorarbeit in Herpetologie schrieb, hatte ich einen Zimmergenossen, der so eifersüchtig auf mich war, weil ich eine neue Kröte entdeckt hatte, dass er sie mir stahl und sie aufaß. Sie war mein einziges Exemplar. Ich musste seinen Magen röntgen und dann bei der Vorstellung meiner Arbeit statt der Kröte die Röntgenaufnahmen benutzen. Und irgendetwas sagt mir, dass wir es hier möglicherweise mit einem ähnlichen Fall zu tun haben.«

Wovon redete Onkel Monty da eigentlich?

»Ich fürchte, ich kann dir nicht ganz folgen«, sagte Klaus, was nichts anderes ist als die höfliche Form von: »Wovon redest du da eigentlich, Onkel Monty?«

»Gestern Abend, nachdem ihr schlafen gegangen

wart, hat dieser Stefano mir ein paar Fragen zu viel gestellt über die Schlangen und meine bevorstehende Expedition. Und wisst ihr auch, warum?«

»Ich glaube schon«, begann Violet, aber Onkel Monty fiel ihr ins Wort.

»Weil dieser Mensch, der sich Stefano nennt, in Wirklichkeit ein Mitglied der Herpetologischen Gesellschaft ist. Er ist hergekommen, um nach der Unglaublich Tödlichen Viper zu suchen, damit er mir zuvorkommen und sie als erster präsentieren kann. Wisst ihr, was das bedeutet?«

»Nein«, sagte Violet, »aber – «

»Es bedeutet, dass ich glaube, dass dieser Stefano vorhat, mir meine Schlange zu stehlen und der Herpetologischen Gesellschaft vorzustellen«, sagte Onkel Monty. »Und da es sich um eine bislang unbekannte Spezies handelt, gibt es für mich keine Möglichkeit zu beweisen, dass ich sie entdeckt habe. Und ehe wir uns versehen, heißt die Unglaublich Tödliche Viper *Stefano-Schlange* oder sonst etwas Schreckliches. Und wenn er das vorhat, dann könnt ihr euch leicht ausmalen, was aus unserer Peru-Expedition wird. Jede Kröte, die wir einfangen, jede Giftprobe, die wir in ein Röhrchen tun, jedes Schlangen-Interview, das wir aufzeichnen – jedes Fitzchen Arbeit wird in die Hände dieses Spions der Herpetologischen Gesellschaft fallen.«

»Er ist kein Spion der Herpetologischen Gesellschaft«, sagte Klaus ungeduldig. »Er ist Graf Olaf!«

»Ich weiß, was du sagen willst«, erwiderte Onkel Monty aufgeregt. »Sein Benehmen ist in der Tat ebenso widerwärtig wie das jenes schrecklichen Mannes. Und deswegen habe ich mir folgendes überlegt.« Er reckte eine Hand hoch und wedelte mit den gefalteten Papieren durch die Luft. »Wie ihr wisst, reisen wir morgen nach Peru ab. Das hier sind unsere Fahrkarten für die *Prospero,* ein herrliches Schiff, das morgen Nachmittag um fünf ablegt und uns über den Ozean nach Südamerika bringt. Hier habe ich eine Fahrkarte für mich, eine für Violet, eine für Klaus, eine für Stefano und keine für Sunny, weil wir sie in einem Koffer verstecken, um das Geld zu sparen.«

»Diipo!«

»Nein, das war nur ein Scherz. Aber was jetzt kommt, ist kein Scherz.« Onkel Monty, dessen Gesicht vor Erregung gerötet war, nahm eines der gefalteten Papiere und zerriss es in winzige Fetzen. »Das hier war Stefanos Fahrkarte. Er wird uns nun doch nicht nach Peru begleiten. Morgen früh werde ich ihm mitteilen, dass er hier bleiben muss, um nach meinen Schlangen zu sehen. Auf die Weise können wir unsere Expedition erfolgreich und in aller Ruhe durchführen.«

»Aber Onkel Monty –«, sagte Klaus.
»Wie oft muss ich dich noch daran erinnern, dass es unhöflich ist, einen anderen zu unterbrechen?«, unterbrach ihn Onkel Monty kopfschüttelnd. »Wie auch immer, ich weiß, was euch Sorgen macht. Ihr sorgt euch darum, was geschieht, wenn dieser Mensch mit der Unglaublich Tödlichen Viper allein hier bleibt. Aber macht euch keine Gedanken. Die Viper wird uns begleiten und zwar wird sie in einer unserer Schlangentransportkisten reisen. Ich verstehe gar nicht, warum du so ein trauriges Gesicht machst, Sunny. Ich dachte, du bist glücklich, dass die Viper dir Gesellschaft leisten darf. Also, Bambini, nun hört auf, so sorgenvoll dreinzuschauen. Wie ihr seht, hat euer Onkel Monty die Situation absolut unter Kontrolle.«
Wenn jemandem ein kleines Versehen unterläuft – sagen wir, wenn ein Kellner dir dein Eis mit Sahne bringt statt ohne –, dann lässt sich dieser Irrtum oft ganz leicht klären. Wenn aber jemandem ein ganz unglaubliches Versehen unterläuft – sagen wir, wenn dieser Kellner dir die Nase abbeißt, anstatt deine Bestellung aufzunehmen –, dann sind wir oft so überrascht, dass wir gar nichts mehr sagen können. Wie gelähmt von der Tragweite dieses Irrtums würde dir der Mund offen stehen, du würdest immer wieder mit den Augen zwinkern, aber du wärest un-

fähig, auch nur ein Wort herauszubekommen. So ging es auch den Baudelaire-Kindern. Onkel Monty täuschte sich so sehr, was Stefano anging, den er für einen herpetologischen Spion hielt anstatt für Graf Olaf, dass den drei Geschwistern absolut nicht einfiel, wie sie ihm das beibringen sollten.

»Auf jetzt, meine Lieben«, sagte Onkel Monty. »Wir haben heute Morgen schon genug Zeit mit Reden verloren. Wir müssen – au!« Er unterbrach sich selbst mit einem Schrei, der Überraschung und Schmerz gleichzeitig verriet, und fiel zu Boden.

»Onkel Monty!«, schrie Klaus. Die Baudelaire-Kinder sahen einen großen, glänzenden Gegenstand auf dem Onkel liegen und begriffen im nächsten Moment, was das für ein Gegenstand war: Es war die schwere Leselampe aus Messing, die sonst neben dem großen gepolsterten Sessel in Klaus' Zimmer stand.

»Autsch!«, sagte Onkel Monty noch einmal und befreite sich von der Lampe. »Das hat aber wehgetan! Es kann sein, dass ich mir die Schulter verrenkt habe. Nur gut, dass das Ding nicht auf meinem Kopf gelandet ist, da hätte es womöglich größeren Schaden angerichtet.«

»Aber wo ist sie hergekommen?«, fragte Violet.

»Sie muss aus dem Fenster gefallen sein«, sagte Onkel Monty und zeigte nach oben, dorthin, wo Klaus'

Zimmer war. »Wessen Zimmer ist das? Klaus, ich glaube, es ist deins. Du musst besser aufpassen. Du darfst schwere Gegenstände nicht einfach so aufs Fensterbrett stellen. Schau nur, was da hätte passieren können!«

»Aber die Lampe war nicht mal in der Nähe meines Fensters«, sagte Klaus. »Sie steht immer in meinem Alkoven, damit ich im Sessel lesen kann.«

»Also wirklich, Klaus«, sagte der Onkel, stand auf und reichte ihm die Lampe. »Du glaubst doch nicht im Ernst, dass die Lampe zum Fenster getanzt und mir von dort auf die Schulter gehüpft ist? Bitte bring sie jetzt zurück in dein Zimmer und stell sie an einen sicheren Platz. Mehr Worte brauchen wir über die Sache nicht zu verlieren.«

»Aber –«, sagte Klaus, doch seine ältere Schwester unterbrach ihn.

»Ich helfe dir, Klaus«, sagte Violet. »Wir finden schon einen sicheren Platz dafür.«

»Gut, aber macht nicht so lange«, sagte Onkel Monty und rieb sich die Schulter. »Wir erwarten euch im Reptiliensaal. Komm mit, Sunny!«

Die vier gingen zurück ins Haus, wo ihre Wege sich am Fuß des Treppenaufgangs trennten. Onkel Monty und Sunny gingen auf die hohe Tür zu, die in den Reptiliensaal führte, während Violet und Klaus die schwere Messinglampe nach oben trugen.

»Du weißt sehr gut«, zischte Klaus seiner Schwester zu, »dass ich nicht unvorsichtig gewesen bin mit der Lampe.«

»Natürlich weiß ich das«, flüsterte Violet. »Aber es ist zwecklos, Onkel Monty das zu erklären. Er denkt, Stefano ist ein herpetologischer Spion. Du weißt genauso gut wie ich, dass das hier Stefanos Werk war.«

»Ganz schön schlau von euch, dass ihr das herausgefunden habt«, tönte eine Stimme vom Treppenabsatz herunter, und Violet und Klaus waren so überrascht, dass sie beinahe die Lampe fallen gelassen hätten. Stefano war es, oder, wenn dir das lieber ist, Graf Olaf. Auf jeden Fall der Bösewicht. »Aber andererseits seid ihr ja schon immer kluge Kinder gewesen«, fuhr er fort. »Ein bisschen zu klug für meinen Geschmack, aber es wird euch ja nicht mehr lange geben, also mache ich mir darüber keine Sorgen.«

»Ihr selbst dagegen seid alles andere als klug«, sagte Klaus zornig. »Diese schwere Messinglampe hätte uns beinahe getroffen, aber wenn meinen Schwestern oder mir irgendetwas zustößt, dann werdet Ihr das Baudelaire-Vermögen nie an Euch bringen.«

»Aber nicht doch, nicht doch«, sagte Stefano und sein Grinsen entblößte seine gelben Zähne. »Wenn ich vorhätte, dir etwas zu tun, du Waisenknabe, dann würde dein Blut schon wie ein Wasserfall über diese

Treppe strömen. Oh nein, ich werde keinem der Baudelaires ein Haar krümmen – zumindest nicht in diesem Haus. Ihr braucht euch nicht vor mir zu fürchten, Kinderlein, bevor wir uns nicht an einem Ort befinden, an dem sich die Spuren von Verbrechen leichter beseitigen lassen.«

»Und wo sollte das sein?«, fragte Violet. »Wir haben nämlich vor, hier zu bleiben, bis wir erwachsen sind.«

»Tatsächlich?«, fragte Stefano in dem hinterhältigen Tonfall, den sie so gut kannten. »Na so was, ich hatte eigentlich den Eindruck, dass wir morgen das Land verlassen.«

»Onkel Monty hat aber Eure Fahrkarte zerrissen«, entgegnete Klaus triumphierend. »Er hat Verdacht geschöpft und deswegen seine Pläne geändert. Ihr kommt nicht mit uns.«

Stefanos Grinsen verwandelte sich in eine Grimasse und seine fleckigen Zähne schienen noch länger zu werden. Seine Augen funkelten so hell, dass es Violet und Klaus schmerzte, sie anzusehen. »Darauf würde ich mich nicht verlassen«, sagte er mit einer ganz, ganz schrecklichen Stimme. »Selbst die besten Pläne können durch einen Unfall noch durchkreuzt werden.« Mit einem seiner dürren Finger wies er auf die Messinglampe. »Und Unfälle kommen einfach immer wieder vor.«

Sechstes Kapitel

Unerfreuliche äußere Umstände haben die Eigenheit, dass sie einem Dinge vermiesen, die sonst durchaus vergnüglich sein könnten. So erging es den Baudelaire-Kindern mit dem Film *Zombies im Schnee.* Den ganzen Nachmittag lang hatten die drei Kinder sorgenvoll im Reptiliensaal gesessen, unter den höhnischen Blicken Stefanos und Onkel Montys naivem Geplapper – das Wort »naiv« bedeutet hier so viel wie »ahnungslos, dass Stefano in Wirklichkeit Graf Olaf war und ihnen daher große Gefahr drohte«. So kam es, dass den Kindern, als es Abend wurde, gar nicht nach Kino zumute war. Onkel Montys Jeep war auch noch viel zu klein für sie alle – ihn selbst, Stefano und die drei Waisen –, so dass Klaus und Violet sich einen Sitz teilten und die arme Sunny auf Stefanos dreckigem Schoß sitzen musste, doch die Baudelaires machten sich viel zu große Sorgen, als dass sie solche Unbequemlichkeiten überhaupt zur Kenntnis genommen hätten.

Im Multiplex-Kino saßen die Kinder alle nebeneinander, während Onkel Monty am Gang saß und

Stefano, der die Tüte mit dem Popcorn nicht mehr aus den Fingern ließ, zwischen ihnen. Die Kinder waren ohnehin viel zu nervös, um etwas zu knabbern, und viel zu sehr damit beschäftigt, hinter Stefanos Pläne zu kommen, als dass sie die *Zombies im Schnee* hätten genießen können, obgleich der Film wirklich gut war. Als die Zombies sich das erste Mal aus den Schneeverwehungen rings um das winzige Fischerdorf in den Alpen erhoben, versuchte Violet sich vorzustellen, auf welche Weise Stefano ohne Fahrkarte an Bord der *Prospero* gelangen könnte, um ihnen doch noch nach Peru zu folgen. Als die Stadtväter einen Wall aus massiver Eiche rings um ihr Dorf errichteten, nur um mit ansehen zu müssen, wie sich die Zombies einfach hindurchfraßen, machte Klaus sich gerade Gedanken darüber, was Stefano wohl ganz genau gemeint hatte, als er über Unfälle sprach. Und als das kleine Milchmädchen Greta sich mit den Zombies anfreundete und sie bat, doch bitte, bitte keine Dorfbewohner mehr zu fressen, bemühte sich selbst Sunny, die kaum alt genug war, um die Lage der Waisen zu begreifen, sich etwas auszudenken, wie sie Stefanos Pläne, wie auch immer sie aussehen mochten, zunichte machen könnte. In der letzten Szene des Films tanzten Zombies und Dörfler gemeinsam in den Mai, doch die drei Baudelaire-Waisen waren zu nervös und verängstigt, um auch nur das kleinste bisschen Vergnügen zu empfinden. Auf dem Heimweg versuchte Onkel Monty immer wieder, mit den schweigsamen, sorgenvollen Kindern auf der Rückbank zu reden, doch sie waren äußerst wortkarg und so schwieg auch er irgendwann.

Als der Jeep neben den schlangenförmigen Büschen anhielt, sprangen die Baudelaire-Kinder aus dem Auto und rannten zur Haustür, ohne ihrem verdutzten Vormund auch nur Gute Nacht zu sagen. Schweren Herzens stiegen sie zu ihren Schlafräumen hinauf, doch als sie vor den Türen standen, brachten sie es nicht fertig, sich zu trennen.

»Könnten wir heute Nacht nicht zusammen in einem Zimmer bleiben?«, fragte Klaus Violet schüchtern. »Letzte Nacht habe ich mich wie in einer Gefängniszelle gefühlt, als ich so ganz allein dasaß mit meinen Sorgen.«

»Mir ging es genauso«, gestand Violet. »Und da wir sowieso nicht schlafen werden, können wir geradeso gut im selben Zimmer nicht schlafen.«

»Tikko!« Sunny stimmte ihren Geschwistern zu und folgte ihnen in Violets Zimmer. Violet sah sich um und erinnerte sich, wie aufgeregt sie noch vor wenigen Tagen gewesen war, als sie es bezog. Jetzt schien ihr das riesige Fenster mit der Aussicht auf die schlangenförmig gestutzten Büsche eher deprimierend als inspirierend, und die leeren Bögen Papier, die sie an die Wände geheftet hatte, kamen ihr nicht mehr praktisch vor, sondern schienen sie nur an ihre Angst zu erinnern.

»Wie ich sehe, bist du mit deinen Erfindungen nicht weit gekommen«, sagte Klaus liebevoll. »Ich selbst habe auch überhaupt nichts gelesen. Die Nähe von Graf Olaf dämpft ganz zweifellos die Vorstellungskraft.«

»Nicht immer«, verbesserte ihn Violet. »Als wir bei ihm gelebt haben, hast du alles über das Eherecht gelesen, um hinter seine Pläne zu kommen, und ich habe einen Wurfanker erfunden, um seine Pläne zu durchkreuzen.«

»Aber dieses Mal«, entgegnete Klaus düster, »wissen wir nicht mal, was Graf Olaf vorhat. Wie können wir einen Plan entwickeln, wenn wir nicht mal *seinen* Plan kennen?«

»Also, jetzt versuchen wir mal, das Ganze auseinanderzuklamüsern«, sagte Violet, wobei sie einen Ausdruck benutzte, der hier so viel bedeuten sollte wie »in allen Einzelheiten über die Sache reden, bis wir sie schließlich verstehen«.

»Graf Olaf«, begann sie, »der sich selbst Stefano nennt, ist in einer Kostümierung in dieses Haus gekommen und ist offensichtlich hinter dem Baudelaire-Vermögen her.«

»Und«, fuhr Klaus fort, »er plant, uns umzubringen, sobald er es hat.«
»Tadu«, murmelte Sunny mit ernster Miene, was vermutlich so etwas bedeuten sollte wie: »Die Lage, in der wir uns befinden, ist einfach grauenvoll.«
»Allerdings«, sagte Violet, »kommt er nicht an unser Vermögen heran, wenn er uns etwas antut. Deswegen hat er ja beim letzten Mal versucht, mich zu heiraten.«
»Was Gott sei Dank nicht geklappt hat«, sagte Klaus schaudernd. »Sonst wäre Graf Olaf jetzt mein Schwager. Aber dieses Mal hat er nicht vor, dich zu heiraten. Er hat etwas über einen Unfall gesagt.«
»Und darüber, dass er mit uns irgendwohin will, wo Verbrechen leichter zu vertuschen sind«, sagte Violet, die sich an diese Worte erinnerte. »Das kann nur Peru heißen. Aber Stefano kommt nicht mit nach Peru. Onkel Monty hat seine Fahrkarte zerrissen.«
»Duug!«, quiekte Sunny mit einem Schrei tiefer Frustration und schlug mit ihrer kleinen Faust auf den Fußboden. Der Ausdruck »Frustration« bedeutet hier so viel wie »ihr fehlten die Worte«, und damit stand Sunny nicht allein. Violet und Klaus waren natürlich schon zu groß, um so etwas wie »Duug!« zu sagen, doch sie wünschten, sie wären es nicht. Sie wünschten, sie kämen hinter Graf Olafs Plan. Sie

wünschten, ihre Lage wäre nicht ganz so mysteriös und hoffnungslos, wie sie es nun einmal war, und die beiden wünschten, sie wären noch klein genug, um einfach »Duug!« zu schreien und mit der Faust auf den Fußboden zu hauen. Und am allermeisten wünschten sie sich, dass ihre Eltern noch lebten und sie sich alle in Sicherheit in dem Haus befänden, in dem sie einst zur Welt gekommen waren.

Und so inbrünstig die Baudelaire-Waisen sich wünschten, die Umstände ihres Lebens wären andere, so inbrünstig würde ich auch dir wünschen, dass ich an den Umständen dieser Geschichte irgendetwas ändern könnte. Während ich hier sitze, in größter Geborgenheit und weit weg von Graf Olaf, kann ich es kaum über mich bringen, noch ein weiteres Wort zu schreiben. Vielleicht ist es das Beste, wenn du dieses Buch jetzt einfach zuschlägst und niemals liest, wie diese entsetzliche Geschichte weitergeht. Dann kannst du dir vorstellen, wenn du Lust hast, dass die Baudelaire-Waisen eine Stunde später plötzlich herausfinden, was Stefano vorhat, und so in der Lage sind, Onkel Monty das Leben zu retten. Du kannst dir vorstellen, wie die Polizei mit Blaulicht und Sirene angefahren kommt und Stefano hinter Gitter bringt, wo er für den Rest seines Lebens bleiben muss. Du kannst dir einbilden, auch wenn es nicht so ist, dass die Baudelaires bis zum heutigen Tage glücklich und in Freuden bei ihrem Onkel Monty leben. Oder, was das Allerbeste wäre, du kannst dich der Illusion hingeben, dass die Eltern Baudelaire gar nicht ums Leben gekommen sind und dass Graf Olaf und Onkel Monty, das schreckliche Feuer und alle übrigen unseligen Ereignisse nichts weiter waren als ein böser Traum, die Ausgeburt meiner Phantasie.

Doch diese Geschichte ist keine heitere Geschichte, und es erheitert mich absolut nicht, dir erzählen zu müssen, dass die Baudelaire-Waisen die ganze Nacht über tumb in Violets Zimmer saßen – das alte Wort *tumb* bedeutet hier nicht »dumm«, sondern »stumm«. Hätte jemand in der Morgendämmerung durch das Schlafzimmerfenster gespäht, so hätte er die drei Kinder dicht aneinandergedrängt auf dem Bett hocken sehen, die Augen weit offen und dunkel vor Sorge. Doch es spähte niemand durch das Fenster. Jemand klopfte an die Tür, und zwar mit vier so lauten Schlägen, dass es sich anhörte, als sollte die Tür zugenagelt werden.

Die Kinder blinzelten und schauten einander an. »Wer ist da?«, rief Klaus. Seine Stimme war ganz krächzig, weil er so lange kein Wort mehr gesagt hatte.

Anstatt zu antworten, drehte der, wer immer es war, einfach am Knauf, und die Tür schwang langsam auf.

Da stand Stefano, seine Kleidung völlig zerknittert und die Augen teuflischer funkelnd als je zuvor.
»Guten Morgen«, sagte er. »Es ist an der Zeit, nach Peru aufzubrechen. Im Jeep ist gerade genug Platz für drei Waisen und für mich, also beeilt euch ein bisschen.«
»Wir haben Euch bereits gestern gesagt, dass Ihr nicht mitkommt«, sagte Violet. Sie hoffte, dass ihre Stimme mutiger klang, als sie sich fühlte.
»Wer nicht mitkommt, ist euer Onkel Monty«, sagte Stefano und zog den Teil seiner Stirn hoch, wo eigentlich seine eine Augenbraue sein sollte.
»Macht Euch nicht lächerlich«, sagte Klaus. »Onkel Monty würde für nichts in der Welt auf diese Expedition verzichten.«
»Fragt ihn doch selbst«, sagte Stefano und die Baudelaires entdeckten einen vertrauten Ausdruck in seinem Gesicht. Sein Mund bewegte sich kaum, doch seine Augen funkelten, als hätte er gerade einen Witz erzählt. »Warum fragt ihr ihn nicht? Er ist unten im Reptiliensaal.«
»Das werden wir auch!«, sagte Violet. »Onkel Monty will bestimmt nicht, dass Ihr allein mit uns nach Peru fahrt.« Sie erhob sich vom Bett, nahm ihre Geschwister bei den Händen und ging rasch mit ihnen an Stefano vorbei, der grinsend in der Tür stand. »Wir werden ihn fragen«, wiederholte Violet,

und Stefano neigte leicht den Kopf, als die Kinder den Raum verließen.

Im Flur war es ungewohnt still und alles schien so leer wie die Augenhöhlen eines Totenschädels. »Onkel Monty!«, rief Violet, als sie das Ende des Flurs erreicht hatten. Niemand antwortete.

Abgesehen von ein paar knarrenden Treppenstufen war das ganze Haus unheimlich still, so als ob es seit vielen Jahren verlassen wäre. »Onkel Monty?«, rief Klaus, als sie am Fuß der Treppe standen. Nichts war zu hören.

Auf Zehenspitzen öffnete Violet die gewaltige Tür des Reptiliensaals, und einen Augenblick lang starrten die Waisen wie gebannt hinein, verzaubert vom seltsam blauen Licht des anbrechenden Tages, das durch die gläserne Decke und die gläsernen Wände drang. In diesem blassen Licht sahen sie nur die Silhouetten der verschiedenen Reptilien, die zu dunklen Haufen zusammengerollt in ihren Käfigen schliefen oder sich leise bewegten.

Das Echo ihrer Schritte hallte von den schimmernden Wänden zurück, als die drei Geschwister durch den Reptiliensaal gingen, dorthin, wo Onkel Montys Bibliothek sie erwartete. Obgleich der dunkle Raum fremd und geheimnisvoll wirkte, so lag doch auch etwas Tröstendes in seinem Geheimnis und etwas Beruhigendes in seiner Fremdartigkeit. Sie erinnerten sich an Onkel Montys Versprechen: Wenn sie sich Zeit nahmen, sich kundig zu machen, dann würde ihnen hier im Reptiliensaal nichts zustoßen. Du und ich, wir erinnern uns allerdings auch daran, dass dieses Versprechen des Onkels nur so strotzte von dramatischer Ironie, und hier und jetzt, im Dämmerlicht des frühen Morgens, sollte diese Ironie ihre Auflösung erfahren, ein Ausdruck, der hier so viel bedeuten soll wie: »Den Baudelaires sollte nun endlich ein Licht aufgehen.« Denn in dem Moment, als die drei Geschwister bei den ersten Büchern angelangt waren, sahen sie in der hintersten Ecke einen großen, dunklen Haufen am Boden liegen. Angstvoll knipste Klaus eine der Leselampen an, um besser sehen zu können. Der dunkle Haufen am Boden war Onkel Monty. Sein Mund stand leicht offen, was ihm einen überraschten Ausdruck verlieh, und seine Augen waren weit aufgerissen, doch er schien die Kinder nicht zu sehen. Sein sonst so rosiges Gesicht war sehr, sehr blass, und unter seinem linken Auge waren zwei winzige Löcher, direkt nebeneinander, wie sie die Zähne einer Schlange zu hinterlassen pflegen.

»Diwo suum?«, fragte Sunny und zog an den Hosenbeinen des Onkels. Onkel Monty rührte sich nicht. Wie er es ihnen versprochen hatte, war den Baudelaire-Waisen im Reptiliensaal nichts geschehen. Onkel Monty jedoch war etwas Furchtbares zugestoßen.

Siebtes Kapitel

»Tz, tz, tz, tz, tz«, machte jemand direkt hinter ihnen und die Baudelaire-Waisen fuhren herum. Dort stand Stefano, in der Hand den schwarzen Koffer mit dem silberglänzenden Schloss, im Gesicht einen Ausdruck geheuchelter Überraschung, der so echt wirkte wie Talmi. *Talmi* ist ein derart seltenes Wort für unechten Schmuck, dass selbst Klaus nicht gewusst hätte, was es bedeutet. Trotzdem musste niemand den Kindern erklären, dass Stefano nur so tat, als wäre er überrascht. »Was für ein schrecklicher Unfall! Sieht ganz nach Schlangenbiss aus. Was für ein Schock für den, der ihn hier findet – wer immer das sein mag!«

»Ihr –« , begann Violet, doch sie spürte ein Würgen in der Kehle, so als wäre die Tatsache, dass Onkel Monty tot war, ein ekelhaft schmeckender Bissen. »Ihr –«, sagte sie noch einmal.

Stefano nahm es nicht zur Kenntnis. »Wenn sie entdecken, dass Dr. Montgomery tot ist, werden sie sich fragen, was wohl aus diesen abstoßenden Waisen geworden ist, die in seinem Haus herumlungerten.

Aber die sind bis dahin schon lange nicht mehr da. Apropos – es ist Zeit aufzubrechen. Die *Prospero* läuft um fünf Uhr vom Nebelhafen aus und ich wäre gern der erste Passagier an Bord. Auf die Weise hätte ich noch Zeit für ein Fläschchen Wein vor dem Abendessen.«

»Wie konntet Ihr nur?«, flüsterte Klaus heiser. Er vermochte den Blick nicht von Onkel Montys kreidebleichem Gesicht abzuwenden. »Wie konntet Ihr das tun? Wie konntet Ihr ihn ermorden?«

»Aber Klaus, du überraschst mich wirklich«, sagte Stefano und ging zu Onkel Montys Leiche hinüber. »So ein Schlauberger wie du sollte doch in der Lage sein zu erkennen, dass euer pausbäckiger alter Onkel nicht ermordet wurde, sondern an einem Schlangenbiss gestorben ist. Sieh doch nur dieses kreidebleiche Gesicht. Sieh doch nur diesen starren Blick.«

»Hört auf!«, sagte Violet. *»So dürft Ihr nicht reden!«*

»Du hast ganz Recht!«, sagte Stefano. »Wir haben wirklich keine Zeit zum Plaudern. Wir müssen unser Schiff erwischen. Also los!«

»Mit Euch gehen wir nirgendwo hin«, sagte Klaus. Seine Miene war ganz verkniffen von der Anstrengung, nicht in Tränen auszubrechen, sondern sich auf die Notlage zu konzentrieren, in der sie sich befanden. »Wir bleiben hier, bis die Polizei kommt.«

»Und woher, glaubst du, weiß die Polizei, dass sie herkommen soll?«, fragte Stefano.

»Wir rufen sie an«, sagte Klaus in einem – wie er hoffte – sehr entschlossen klingenden Tonfall und ging auf die Tür zu.

Stefano ließ seinen Koffer fallen. Das silberglänzende Schloss klirrte hell, als es auf den Marmorboden aufschlug. Mit wenigen Schritten war Stefano bei Klaus und versperrte ihm den Weg. Seine Augen waren weit aufgerissen und funkelten rot vor Wut.

»Ich bin es so *leid*«, sagte er mit schnarrender Stimme, »dir immer alles *erklären* zu müssen. Du bist doch angeblich so oberschlau, aber *das hier* scheinst du trotzdem immer wieder zu vergessen!« Er griff in seine Tasche und zog das gezackte Messer heraus.

»Das hier ist mein Messer. Es ist sehr scharf und ganz wild darauf, euch wehzutun – fast so wild wie ich. Wenn ihr nicht tut, was ich sage, dann werdet ihr die Folgen am eigenen Körper zu spüren bekommen. War das jetzt deutlich genug? Also, ab mit euch in den verdammten Jeep!«

Wie du weißt, gilt Fluchen als sehr, sehr ungezogen und ist normalerweise auch völlig unnötig, doch die Baudelaire-Waisen waren zu entsetzt, um Stefano darauf hinzuweisen. Nach einem letzten Blick auf ihren armen Onkel Monty folgten die drei Kinder Stefano aus dem Reptiliensaal, um in den verdammten Jeep einzusteigen. Und um das Fass zum Überlaufen zu bringen – ein Ausdruck, der hier so viel bedeutet wie »jemandem eine unangenehme Aufgabe aufzwingen, der bereits in höchstem Maße aus der Fassung geraten ist« –, zwang Stefano Violet, ihm den Koffer aus dem Haus zu tragen. Sie war allerdings zu sehr in Gedanken, als dass es ihr noch viel ausgemacht hätte. Sie dachte an das letzte Mal, als ihre Geschwister und sie mit Onkel Monty gesprochen hatten, und erinnerte sich plötzlich voll heißer Scham, dass es eigentlich gar keine richtige Unterhaltung gewesen war. Du wirst natürlich noch wissen, dass die Kinder auf der Heimfahrt vom Kino, wo sie *Zombies im Schnee* gesehen hatten, so besorgt gewesen waren, dass sie kein Wort zu Onkel Monty gesagt hatten, und dass sie, als der Jeep vor dem Haus hielt, sofort nach oben gerannt waren, um die Lage auseinanderzuklamüsern. Nicht einmal Gute Nacht hatten sie gesagt zu dem Mann, der jetzt tot im Reptiliensaal lag.

Als die drei Kinder beim Jeep angelangt waren, versuchte Violet sich zu entsinnen, ob sie sich wenigstens für den Kinobesuch bedankt hatten, aber ihre Erinnerung an diesen Abend war völlig verschwommen. Vermutlich hatten Klaus, Sunny und sie selbst zumindest »vielen Dank, Onkel Monty« gesagt, als sie miteinander an der Kinokasse standen, aber selbst dessen war sie sich nicht mehr sicher. Stefano öffnete die Autotür, und mit einer Bewegung seines Messers dirigierte er Klaus und Sunny auf den winzigen Rücksitz, während Violet, den schweren schwarzen Koffer auf dem Schoß, sich vorn neben ihn setzen musste. Als Stefano den Zündschlüssel herumdrehte, gaben sich die Waisen einen kurzen Moment lang der Hoffnung hin, der Motor würde nicht anspringen, doch die Hoffnung trog. Onkel Monty hatte seinen Jeep immer gut gepflegt und so sprang er sofort an.

Violet, Klaus und Sunny schauten zurück, als Stefano an den schlangenförmigen Büschen vorbeifuhr. Beim Anblick des Reptiliensaals, den Onkel Monty so hingebungsvoll mit seinen Fundstücken gefüllt hatte und in dem er selbst jetzt so etwas wie ein Fundstück war, wurde ihre Verzweiflung übermächtig; die Baudelaires begannen leise zu weinen. Mit dem Tod eines geliebten Menschen hat es schon eine eigenartige Bewandnis: Wir alle wissen, dass unsere Zeit hier auf Erden begrenzt ist und dass wir alle irgendwann unter irgendeinem Laken enden, um nie wieder aufzuwachen. Und doch ist es immer wieder eine Überraschung, wenn es jemandem widerfährt, den wir kennen. Es ist, wie wenn du im Dunkeln die Treppe zu deinem Schlafzimmer hochgehst und eine Stufe mehr erwartest, als tatsächlich da ist. Dein Fuß stürzt durch die Luft in die Tiefe, und in diesem scheußlichen Moment finsterer Überraschung versuchst du dich neu zurechtzufinden. Die Baudelaire-Waisen weinten nicht nur um ihren Onkel Monty, sondern auch um ihre Eltern. Es war dieses dunkle, fremdartige Gefühl, plötzlich abzustürzen, das jeden großen Verlust begleitet.

Was sollte aus ihnen werden? Stefano hatte kaltblütig den Mann ermordet, der doch eigentlich auf die Baudelaires aufpassen sollte, und nun waren sie ganz allein. Was würde Stefano mit ihnen machen? Er hatte ja ursprünglich zurückbleiben sollen, wenn sie nach Peru reisten – stattdessen würde er nun derjenige sein, der mit ihnen an Bord der *Prospero* ging. Und welche schrecklichen Dinge mochten ihnen in Peru zustoßen? Würde Stefano es schaffen, ihr Vermögen an sich zu reißen? Und was würde dann aus ihnen werden? Das sind erschreckende Fragen, und wenn man über solche Dinge nachdenkt, beanspruchen sie die volle Aufmerksamkeit. Die Waisen waren so tief in ihre Gedanken versunken, dass sie gar nicht merkten, dass Stefano im nächsten Augenblick mit einem anderen Auto zusammenstoßen würde, bis es tatsächlich geschah.

Ein grässlicher Ton von klirrendem Glas und schepperndem Metall zerriss die Luft, als ein schwarzer Wagen in Onkel Montys Jeep krachte. Die Kinder landeten mit einem so heftigen Aufprall auf dem Boden des Fahrzeugs, dass es sich anfühlte, als wären ihre Mägen oben auf den Sitzen geblieben. Der schwarze Koffer bohrte sich erst in Violets Schulter und stieß dann gegen die Windschutzscheibe, die sofort an einem Dutzend Stellen zersprang, so dass sie wie ein Spinnennetz aussah. Stefano schrie überrascht auf, drehte das Lenkrad erst hierhin, dann dorthin, aber die beiden Autos waren so ineinander verkeilt, dass sie zusammen von der Straße abkamen und erst nach einem nochmaligen Aufprall in einem Erdwall zum Stehen kamen. Es kommt selten vor, dass man einen Autounfall als Glücksfall bezeichnen kann, aber hier war das ganz sicher so. Noch war die schlangenförmige Hecke hinter ihnen deutlich zu sehen, da war die Reise der Baudelaires zum Nebelhafen auch schon zu Ende.

Stefano schrie noch einmal auf, dieses Mal vor Wut. »Verfluchte Höllenhunde!«, brüllte er, während Violet ihre Schulter befühlte, um sicher zu gehen, dass sie nicht ernstlich verletzt war. Klaus und Sunny rappelten sich vorsichtig auf und schauten durch die gesprungene Windschutzscheibe. In dem anderen Fahrzeug schien nur eine Person zu sitzen, aber das war schwer zu sagen, da das Auto wesentlich mehr Schaden genommen hatte als Onkel Montys Jeep. Die gesamte Front war zusammengeschoben und erinnerte an ein Akkordeon, während eine der Radkappen lärmend über das Pflaster der Schaurigen Chaussee eierte, wie eine riesige Münze, die jemand fallen gelassen hatte. Von dem grau gekleideten Fahrer hörten sie als Erstes ein lautes, abgehacktes Geräusch, als er die zerknautschte Tür seines Wagens öffnete und sich hinauskämpfte. Noch einmal ertönte dieses abgehackte Geräusch, als der Mann in die Tasche seines Anzugs griff und ein weißes Taschentuch herauszog.

»Das ist ja Mr. Poe!«, schrie Klaus.

Es war tatsächlich Mr. Poe und wie immer hustete er. Die Kinder waren so begeistert, ihn zu sehen, dass sie trotz der schrecklichen Umstände lächelten. »Mr. Poe! Mr. Poe!«, rief Violet und versuchte mit der Hand um Stefanos Koffer herumzugreifen, um die Beifahrertür zu öffnen.

Stefano streckte einen Arm aus und packte Violet an der schmerzenden Schulter. Langsam drehte er seinen Kopf, so dass jedes der Kinder seine funkelnden Augen sehen konnte. »Das hier ändert überhaupt nichts!«, zischte er sie an. »Ihr habt ein bisschen Glück gehabt, aber das war das letzte Mal. Ihr drei werdet rechtzeitig wieder mit mir im Auto sitzen und zum Nebelhafen fahren, um die *Prospero* zu erwischen – das verspreche ich euch.«

»Das werden wir ja sehen«, antwortete Violet, öffnete die Tür und glitt unter dem Koffer hindurch nach draußen. Auch Klaus öffnete seine Tür und folgte ihr, mit Sunny auf dem Arm. »Mr. Poe! Mr. Poe!«

»Violet?«, fragte Mr. Poe. »Violet Baudelaire? Bist du das?«

»Ja, Mr. Poe«, sagte Violet. »Wir sind es, alle drei, und wir sind Ihnen so dankbar, dass Sie mit uns zusammengestoßen sind.«

»Also, so würde ich das nicht sagen«, antwortete Mr. Poe. »Das war eindeutig die Schuld des anderen Fahrers. *Ihr* seid mit *mir* zusammengestoßen.«

»Wie können Sie es wagen!«, schnaubte Stefano, stieg selbst aus dem Auto und rümpfte die Nase, als ihn der Meerrettichgeruch traf, von dem die Luft angefüllt war. Er stapfte zu Mr. Poe hinüber, doch auf halber Strecke verwandelte sich sein Gesichtsausdruck von nackter Wut in geheuchelte Verwirrung und Traurigkeit. »Es tut mir so Leid«, sagte er mit hoher, zitternder Stimme. »Das Ganze ist meine Schuld. Ich bin so betrübt wegen der Ereignisse, dass ich den Regeln des Straßenverkehrs keinerlei Beachtung geschenkt habe. Ich hoffe, Sie sind nicht verletzt, Mr. Foe.«

»Poe«, sagte Mr. Poe. »Mein Name ist *Poe.* Aber verletzt bin ich nicht. Es sieht so aus, als wäre niemand verletzt. Ich wünschte, dasselbe könnte ich von meinem Wagen auch sagen. Aber wer sind Sie über-

haupt und was machen Sie mit den Baudelaire-Kindern?«

»Ich werde Ihnen sagen, wer er ist«, begann Klaus. »Er ist –«

»Bitte, Klaus«, monierte Mr. Poe, »es ist nicht höflich, jemandem ins Wort zu fallen.« Der Ausdruck »monierte« bedeutet hier so viel wie: »Er wies Klaus zurecht, obgleich dieser einen sehr triftigen Grund hatte, ihn zu unterbrechen.«

»Mein Name ist Stefano«, sagte Stefano und schüttelte Mr. Poe die Hand. »Ich bin – das heißt, ich war – Dr. Montgomerys Assistent.«

»Was wollen Sie damit sagen – Sie waren es?«, fragte Mr. Poe streng. »Hat er Sie gefeuert?«

»Nein. Dr. Montgomery – oh, bitte entschuldigen Sie mich–«. Stefano wandte sich ab und tat so, als wischte er sich über die Augen, zu traurig, um weiterzusprechen. Er stand mit dem Rücken zu Mr. Poe und nutzte die Gelegenheit, um die Kinder scharf anzublicken. »Es tut mir Leid, aber ich muss Ihnen mitteilen, Mr. Doe, dass es einen furchtbaren Unfall gegeben hat. Dr. Montgomery ist tot.«

»Poe«, sagte Mr. Poe. »Er ist tot? Das ist ja schrecklich. Was ist denn passiert?«

»Ich weiß es nicht«, sagte Stefano. »Für mich sieht es aus wie ein Schlangenbiss, aber ich verstehe überhaupt nichts von Schlangen. Deswegen war ich auf dem Weg in die Stadt, um einen Arzt zu holen. Die Kinder machten mir einen so aufgewühlten Eindruck, dass ich sie nicht allein lassen wollte.«

»Er fährt gar nicht mit uns zu einem Arzt!«, rief Klaus. »Nach Peru will er mit uns fahren!«

»Sehen Sie?«, sagte Stefano zu Mr. Poe und tätschelte Klaus den Kopf. »Die Kinder sind ganz offensichtlich sehr betrübt. Dr. Montgomery wollte sie heute nach Peru mitnehmen.«

»Ja, ich weiß«, sagte Mr. Poe. »Deswegen bin ich auch heute Morgen schnell hergekommen, um ihnen endlich ihr Gepäck zu bringen. Klaus, ich weiß, dass du durcheinander bist und dass dieser Unfall dich nur noch mehr verwirrt hat, aber versuche bitte zu begreifen, dass die Expedition, falls Dr. Montgomery tatsächlich tot ist, ohnehin ausfällt.«

»Aber Mr. Poe –«, sagte Klaus ärgerlich.

»Bitte«, sagte Mr. Poe, »das ist eine Angelegenheit, die die Erwachsenen unter sich besprechen sollten, Klaus. Auf jeden Fall sollten wir zuerst einmal einen Arzt holen.«

»Nun, warum fahren Sie nicht hoch zum Haus«, sagte Stefano, »und ich nehme die Kinder mit und suche einen Arzt.«

»José!«, quiekte Sunny, was vermutlich irgend so etwas bedeutete wie: »O nee, kommt gar nicht in Frage!«

»Warum gehen wir nicht alle zusammen ins Haus«, sagte Mr. Poe, »und rufen einen Arzt an?«

Stefano zwinkerte heftig, und einen Moment lang nahm sein Gesicht wieder einen zornigen Ausdruck an, bevor es ihm gelang, sich zu beruhigen und gelassen zu antworten: »Aber natürlich, das hätte ich gleich tun sollen. Offensichtlich denke ich nicht so klar wie Sie. Also, Kinder, steigt wieder in den Jeep, Mr. Poe fährt hinter uns her.«

»Wir steigen nicht noch einmal in das Auto«, sagte Klaus mit fester Stimme.

»Bitte, Klaus«, sagte Mr. Poe. »Nun sei doch vernünftig. Es hat einen ernsten Unfall gegeben. Alle anderen Diskussionen müssen jetzt erst einmal aufgeschoben werden. Das einzige Problem ist, dass ich nicht sicher bin, ob mein Auto anspringen wird. Es sieht arg verbeult aus.«

»Probieren Sie doch mal, ob die Zündung noch geht«, sagte Stefano. Mr. Poe nickte und ging zu seinem Auto zurück. Er setzte sich auf den Fahrersitz und drehte den Schlüssel herum. Der Motor machte ein gurgelndes Geräusch – das übrigens ein bisschen wie Mr. Poes Hustenanfälle klang –, aber er sprang nicht an.

»Ich fürchte, er ist hinüber«, rief Mr. Poe ihnen zu.

»Und nicht mehr lange«, murmelte Stefano an die Kinder gerichtet, »dann seid ihr es auch.«

»Tut mir Leid«, rief Mr. Poe, »ich habe Sie nicht verstanden.«
Stefano lächelte. »Zu dumm, habe ich gesagt. Dann sollte ich die Kinder vielleicht nach Hause bringen und Sie kommen zu Fuß nach. Für uns alle ist in meinem Wagen kein Platz.«
Mr. Poe runzelte die Stirn. »Aber ich habe die Koffer der Kinder im Auto und ich würde sie nur ungern unbeaufsichtigt hier lassen. Warum räumen wir nicht das Gepäck in Ihren Wagen und die Kinder und ich laufen zum Haus?«
Stefano runzelte die Stirn. »Dann sollte aber vielleicht eines der Kinder mit mir kommen, damit ich mich nicht verfahre.«
Mr. Poe lächelte. »Aber Sie sehen das Haus doch von hier aus. Sie können sich gar nicht verfahren.«
»Stefano möchte nicht, dass wir mit Ihnen allein sind«, meldete sich Violet zu Wort. Sie hatte auf einen geeigneten Moment gewartet, um ihre Argumente vorzutragen. »Er hat Angst, dass wir Ihnen sagen, wer er in Wirklichkeit ist und was er in Wirklichkeit vorhat.«
»Wovon redet sie eigentlich?«, fragte Mr. Poe Stefano.
»Ich habe keine Ahnung, Mr. Toe«, entgegnete Stefano, schüttelte den Kopf und blickte Violet wütend an.
Violet holte tief Luft. »Dieser Mann ist nicht Ste-

fano«, sagte sie und zeigte auf ihn. »Er ist Graf Olaf, und er ist hier, um uns zu entführen.«

»*Wer* soll ich sein?«, fragte Stefano. »*Was* soll ich vorhaben?«

Mr. Poe sah Stefano von oben bis unten an, dann schüttelte er den Kopf. »Sehen Sie es den Kindern nach«, sagte er. »Sie sind sehr erregt. Graf Olaf ist ein schrecklicher Mann, der versucht hat, ihnen ihr Geld zu stehlen, und die drei haben große Angst vor ihm.«

»Sehe ich denn so aus wie dieser Graf Olaf?«, fragte Stefano mit funkelnden Augen.

»Nein, nein«, sagte Mr. Poe. »Graf Olaf hat eine lange Augenbraue und ist glatt rasiert. Sie haben einen Bart und, wenn Sie es mir nicht übelnehmen, überhaupt keine Augenbrauen.«

»Er hat sich die Braue wegrasiert«, sagte Violet, »und den Bart hat er sich extra stehen lassen. Das sieht doch jeder!«

»Außerdem hat er die Tätowierung!«, schrie Klaus. »Das tätowierte Auge, am Knöchel! Schauen Sie sich die Tätowierung an!«

Mr. Poe sah Stefano an und zuckte entschuldigend mit den Schultern. »Es ist mir wirklich unangenehm, Sie darum zu bitten«, sagte er, »doch die Kinder scheinen so aufgeregt, dass ich sie gern beruhigen würde, bevor wir weiterdiskutieren. Würde es Ihnen etwas ausmachen, mir einmal Ihren Knöchel zu zeigen?«

»Aber nur zu gern«, sagte Stefano und lächelte die Kinder zähnebleckend an. »Rechts oder links?«

Klaus schloss die Augen und dachte einen Moment nach. »Links«, sagte er dann.

Stefano stellte seinen linken Fuß auf die Stoßstange von Onkel Montys Jeep. Mit seinen teuflisch funkelnden Augen sah er die Baudelaire-Waisen an, während er langsam sein schmieriges, gestreiftes Hosenbein hochzog. Violet, Klaus, Sunny und Mr. Poe wandten kein Auge von Stefanos Knöchel.

Das Hosenbein hob sich wie der Vorhang im Theater. Doch kein tätowiertes Auge war zu sehen. Die Baudelaire-Waisen starrten auf ein Stück glatter Haut, so glatt und bleich wie das Gesicht ihres armen Onkel Monty.

Achtes Kapitel

Während der Jeep davonbrauste, trotteten die Baudelaire-Waisen zu Onkel Montys Haus zurück, Meerrettichgeruch in der Nase und ein Gefühl von Frustration im Herzen. Es ist ausgesprochen frustrierend, von jemandem widerlegt zu werden, vor allem dann, wenn man eigentlich im Recht ist und derjenige, der tatsächlich im Unrecht ist, gleichzeitig der ist, der einen widerlegt und sich selbst, völlig zu Unrecht, als denjenigen darstellt, der im Recht ist – stimmt's?

»Ich weiß nicht, wie er seine Tätowierung losgeworden ist«, sagte Klaus unbeirrt zu Mr. Poe, der in sein Taschentuch hustete, »aber ich weiß, dass dieser Mensch ganz bestimmt Graf Olaf ist.«

»Klaus«, sagte Mr. Poe, als er sich ausgehustet hatte, »ich finde es ermüdend, dieses Thema immer wieder von neuem erörtern zu müssen. Soeben haben wir Stefanos makellosen Knöchel betrachtet. ›Makellos‹ bedeutet –«

»Wir *wissen*, was ›makellos‹ bedeutet«, sagte Klaus und sah zu, wie Stefano aus Onkel Montys Jeep ausstieg und eilig ins Haus ging. »Ohne Tätowierung. Trotzdem ist es Graf Olaf. Wieso sehen Sie das nicht?«

»Das Einzige, was ich sehe«, sagte Mr. Poe, »ist das, was ich vor mir habe. Ich sehe einen Mann ohne Augenbrauen, mit Bart, ohne Tätowierung, und das ist nicht Graf Olaf. Aber wie auch immer: Selbst wenn Stefano euch aus irgendeinem Grund Böses wollte, so hättet ihr trotzdem nichts zu befürchten. Natürlich ist es sehr schockierend, dass Dr. Montgomery verstorben ist, aber deswegen werden wir nicht einfach euch und euer Vermögen seinem Assistenten übergeben. Dieser Mann kann sich ja noch nicht einmal meinen Namen merken!«

Klaus sah seine Geschwister an und seufzte. Es wäre einfacher, so viel war ihnen klar, mit den schlangenförmigen Büschen zu diskutieren als mit Mr. Poe, wenn der sich einmal etwas in den Kopf gesetzt hatte. Gerade wollte Violet einen neuen Versuch machen, ihn zu überzeugen, als hinter ihnen eine Hupe ertönte. Die Baudelaires und Mr. Poe wichen einem herannahenden Automobil aus, einem kleinen grauen Wagen mit einem sehr mageren Fahrer. Der Wagen hielt vor dem Haus und der magere Mensch stieg aus. Es war ein hochgewachsener Mann in einem weißen Kittel.

»Können wir Ihnen behilflich sein?«, rief Mr. Poe ihm zu, als er und die Kinder näher kamen.

»Ich bin Dr. Lucafont«, sagte der große Mann und wies mit seiner kräftigen, breiten Hand auf sich selbst. »Ich habe einen Anruf erhalten, wonach es in diesem Haus einen schrecklichen Unfall gegeben haben soll, in den anscheinend eine Schlange verwickelt war.«

»Sie sind schon da?«, fragte Mr. Poe. »In der kurzen Zeit konnte Stefano doch kaum telefonieren, wie können Sie dann schon hier sein?«

»Geschwindigkeit ist das Wichtigste überhaupt in einem Notfall, finden Sie nicht auch?«, sagte Dr. Lucafont. »Wenn eine Autopsie durchgeführt werden muss, dann sollte das unverzüglich geschehen.«

»Selbstverständlich, selbstverständlich«, beeilte sich Mr. Poe zu sagen. »Ich war nur überrascht.«

»Wo befindet sich die Leiche?«, fragte Dr. Lucafont und ging auf den Eingang zu.

»Stefano wird Ihnen den Weg zeigen«, antwortete Mr. Poe und öffnete die Tür. Stefano stand in der Eingangshalle, eine Kaffeekanne in der Hand.

»Ich koche erst einmal Kaffee«, sagte er. »Wer möchte einen?«

»Ich trinke gerne eine Tasse«, sagte Dr. Lucafont. »Es geht doch nichts über einen starken Kaffee, bevor man sich an sein Tagewerk macht.«

Mr. Poe runzelte die Stirn. »Sollten Sie nicht zuerst einen Blick auf Dr. Montgomery werfen?«

»Oh ja, Dr. Lucafont«, sagte Stefano. »Geschwindigkeit ist das Wichtigste überhaupt in einem Notfall, finden Sie nicht auch?«

»Doch, doch, da haben Sie sicher Recht«, sagte Dr. Lucafont.

»Der arme Dr. Montgomery befindet sich im Reptiliensaal«, sagte Stefano und wies mit der Hand dorthin, wo der arme Vormund der Baudelaire-Waisen lag. »Bitte untersuchen Sie ihn ganz gründlich, *anschließend* können sie einen Schluck Kaffee bekommen.«

»Sie sind der Boss hier«, sagte Dr. Lucafont und öffnete mit einer eigentümlich steifen Handbewegung die Tür zum Reptiliensaal. Stefano führte Mr. Poe in die Küche und die Baudelaires folgten den beiden mit finsterer Miene. Wenn man sich nutzlos fühlt und unfähig zu helfen, gebraucht man manchmal den Ausdruck »sich wie das fünfte Rad am Wagen fühlen«, denn wenn etwas vier Räder hat, wie ein Karren oder ein Auto, dann ist ein fünftes Rad eigentlich nicht nötig. Während Stefano für die Erwachsenen Kaffee aufbrühte, setzten sich die drei Kinder an den Küchentisch. Wie wenig Zeit war erst vergangen, seit sie mit Onkel Monty hier gesessen und Kokosnusstorte gegessen hatten! Violet, Klaus und Sunny fühlten sich wie das fünfte, sechste und siebte Rad an einem Wagen, der in die verkehrte

Richtung fuhr – nämlich zum Nebelhafen, wo die *Prospero* schon darauf wartete auszulaufen.

»Als ich Dr. Lucafont anrief«, sagte Stefano, »habe ich ihm von Ihrem Unfall erzählt. Sobald er mit der medizinischen Untersuchung fertig ist, wird er Sie in die Stadt mitnehmen, damit Sie eine Werkstatt beauftragen können, sich um Ihren Wagen zu kümmern. Die Waisen können solange bei mir bleiben.«

»Nein«, sagte Klaus entschieden. »Wir bleiben nicht einen Augenblick lang mit ihm allein.«

Mr. Poe lächelte, während Stefano ihm Kaffee einschenkte, und sah dann streng zu Klaus hinüber. »Klaus, mir ist klar, dass du sehr aufgeregt bist, aber das ist keine Entschuldigung dafür, dass du dich Stefano gegenüber derart ungezogen benimmst. Bitte entschuldige dich sofort.«

»Nein!«, brüllte Klaus.

»Schon gut, Mr. Yoe«, sagte Stefano besänftigend. »Die Kinder sind einfach erregt wegen des Mordes an Dr. Montgomery, deswegen erwarte ich gar nicht, dass sie ihr bestes Benehmen an den Tag legen.«

»Mord?«, sagte Violet. Sie wandte sich Stefano zu und gab sich Mühe, einfach nur interessiert zu wirken und nicht aufgebracht. »Warum haben Sie *Mord* gesagt, *Stefano?«*

Stefanos Gesicht verdüsterte sich und er ballte beide Hände zu Fäusten. Es sah so aus, als würde er

Violet am liebsten die Augen auskratzen. »Ich hab mich versprochen«, sagte er schließlich.

»Selbstverständlich«, sagte Mr. Poe und nippte an seinem Kaffee. »Aber wenn es den Kindern so angenehmer ist, dann können sie gern mit Dr. Lucafont und mir fahren.«

»Ich bin mir nicht sicher, ob sie alle hineinpassen«, sagte Stefano und seine Augen funkelten. »Es ist wirklich ein sehr kleines Auto. Wenn es den Kindern so lieber ist, können sie auch mit mir im Jeep fahren und wir folgen Ihnen und Dr. Lucafont zur Werkstatt.«

Die drei Kinder sahen einander an und dachten angestrengt nach. Es kam ihnen vor, als befänden sie sich mitten in einem Glücksspiel, allerdings in einem mit einem erschreckend hohen Einsatz. Ihre Aufgabe in diesem Spiel war es, auf keinen Fall mit Stefano allein zu bleiben, denn dann würde er sie auf die *Prospero* schleppen. Was nämlich aus ihnen würde, wenn sie erst mit diesem gierigen und verabscheuungswürdigen Menschen ganz allein in Peru wären, daran mochten sie lieber nicht denken. Worüber sie jetzt nachdenken mussten, war, wie sie verhindern konnten, dass es überhaupt dazu kam. Es schien einfach unglaublich, dass ihr ganzes Leben davon abhängen sollte, wer mit wem zusammen im Auto fahren würde, aber im Leben ist es tatsächlich oft so, dass die winzigsten Details sich schließlich als entscheidend herausstellen.

»Warum können wir nicht mit Dr. Lucafont fahren«, begann Violet vorsichtig, »und Mr. Poe fährt mit Stefano?«

»Warum das nun wieder?«, fragte Mr. Poe.

»Ich wollte schon immer mal das Auto von einem Arzt von innen sehen«, sagte Violet, obschon sie wusste, dass das ein ziemlich schwaches Argument war.

»Oh ja, ich auch«, sagte Klaus. »Bitte, dürfen wir mit Dr. Lucafont fahren?«

»Leider nicht«, sagte Dr. Lucafont zur allgemeinen Überraschung vom Gang her. »Zumindest nicht alle drei. Ich habe Dr. Montgomerys Leiche in meinen Wagen geschafft, so dass nur noch zwei Fahrgäste Platz haben.«

»Sind Sie denn mit Ihrer Untersuchung schon fertig?«, fragte Mr. Poe.

»Vorläufig ja«, antwortete Dr. Lucafont. »Ich muss zwar die Leiche noch mitnehmen, um ein paar zusätzliche Tests vorzunehmen, aber auf jeden Fall hat die Autopsie ergeben, dass Dr. Montgomery an einem Schlangenbiss gestorben ist. Es gibt sicher noch Kaffee?«

»Aber selbstverständlich«, entgegnete Stefano und schenkte ihm ein.

»Wie können Sie da so sicher sein?«, fragte Violet den Arzt.

»Wie meinst du das?«, fragte Dr. Lucafont spöttisch. »Ich bin mir sicher, dass noch Kaffee da ist, weil ich ihn hier vor mir sehe.«

»Ich vermute«, mischte sich Mr. Poe ein, »dass Violet wissen wollte, wie Sie so sicher sein können, dass Dr. Montgomery an einem Schlangenbiss gestorben ist.«

»Weil ich in seinen Adern das Gift der Mamba du Mal gefunden habe, einer der gefährlichsten Giftschlangen der Welt.«

»Soll das etwa heißen, dass sich eine Giftschlange hier im Haus auf freiem Fuß befindet?«, fragte Mr. Poe.

»Nein, nein«, sagte Dr. Lucafont. »Die Mamba du Mal ist gut verwahrt in ihrem Käfig. Anscheinend ist sie herausgekommen, hat Dr. Montgomery gebissen und sich dann selbst wieder eingeschlossen.«

»Wie bitte??«, fragte Violet. »Das ist ja wohl eine lächerliche Hypothese. Eine Schlange kann unmöglich ein Schloss öffnen oder schließen.«

»Vielleicht haben ihr andere Schlangen geholfen«, sagte Dr. Lucafont gelassen und schlürfte weiter seinen Kaffee. »Gibt es hier irgendwas zu essen? Ich bin Hals über Kopf hergekommen, ohne zu frühstücken.«

»Ihre Geschichte kommt mir in der Tat ein wenig

merkwürdig vor«, meinte Mr. Poe. Fragend betrachtete er Dr. Lucafont, der einen Schrank öffnete und hineinspähte.
»Schreckliche Unfälle sind oft sehr merkwürdig, das weiß ich aus Erfahrung«, antwortete Dr. Lucafont.
»Es kann kein Unfall gewesen sein«, sagte Violet. »Onkel Monty ist –«. Sie unterbrach sich. »Onkel Monty war einer der angesehensten Herpetologen der Welt. Nie hätte er eine Giftschlange in einem Käfig gehalten, den sie allein hätte öffnen können.«
»Wenn es kein Unfall war«, sagte Dr. Lucafont, »dann hätte es jemand vorsätzlich tun müssen. Ihr drei Kinder habt ihn ja offensichtlich nicht umgebracht, und der Einzige, der sonst im Haus war, ist Stefano.«
»Und ich«, beeilte sich Stefano zu sagen, »weiß so gut wie nichts über Schlangen. Ich bin ja erst seit zwei Tagen im Haus und habe kaum Zeit gehabt, irgendetwas zu lernen.«
»Es sieht wohl wirklich nach einem Unfall aus«, sagte Mr. Poe. »Tut mir Leid, Kinder. Ich hatte geglaubt, Dr. Montgomery wäre ein geeigneter Vormund für euch.«
»Er war mehr als das«, sagte Violet leise. »Er war viel, viel mehr als nur ein geeigneter Vormund.«
»He, das ist Onkel Montys Essen!«, brüllte Klaus auf einmal mit wutverzerrter Miene. Er zeigte auf Dr.

Lucafont, der sich eine Dose aus dem Schrank genommen hatte. »Lassen Sie sein Essen in Ruhe!«
»Aber ich wollte mir doch bloß ein paar Pfirsiche nehmen«, sagte Dr. Lucafont. Mit einer seiner eigentümlich breiten Hände hielt er eine Dose Pfirsiche hoch, die Onkel Monty erst gestern gekauft hatte.
»Bitte«, sagte Mr. Poe sanft zu Dr. Lucafont, »die Kinder sind sehr aufgewühlt. Das werden Sie sicher verstehen. Violet, Klaus, Sunny – warum lasst ihr uns nicht eine Weile allein? Wir haben viel zu besprechen, und ihr seid ganz offensichtlich zu erregt, um euch an unserem Gespräch zu beteiligen. Also, Dr. Lucafont, lassen Sie uns versuchen, zu einer Lösung zu kommen. Sie haben also Platz für drei Passagiere, einschließlich der Leiche Dr. Montgomerys. Sie, Stefano, haben ebenfalls Platz für drei Personen.«
»Dann ist doch alles ganz einfach«, sagte Stefano. »Sie und die Leiche fahren bei Dr. Lucafont mit, und ich fahre mit den Kindern hinterher.«
»Nein«, sagte Klaus entschieden.
»Baudelaires«, sagte Mr. Poe ebenso entschieden, »würdet ihr uns jetzt bitte allein lassen?«
»Afuup!«, quiekte Sunny, was vermutlich »nein« bedeuten sollte.
»Aber natürlich«, sagte Violet und warf Klaus und Sunny einen vielsagenden Blick zu. Dann nahm sie

die Geschwister an den Händen und führte sie, um nicht zu sagen *schleifte* sie, aus der Küche. Klaus und Sunny sahen zu ihrer großen Schwester auf und merkten, dass sich etwas an ihr verändert hatte. Ihr Gesichtsausdruck zeigte jetzt eher Entschlossenheit als Kummer, und sie lief mit Riesenschritten, so als könnte es schon bald zu spät sein für das, was sie vorhatte.

Ihr erinnert euch natürlich, dass Klaus noch Jahre später, wenn er schlaflos im Bett lag, bereuen sollte, dass er damals den Taxifahrer, mit dem Stefano wieder in ihr Leben getreten war, nicht zurückgerufen hatte. Doch in dieser Hinsicht ging es Violet besser: Anders als Klaus nämlich, der in dem Moment, als er Stefano erkannte, so überrascht war, dass er unfähig war, prompt zu reagieren, erkannte Violet, als die Erwachsenen immer weiter palaverten, dass jetzt der Moment war, um zu handeln.

Ich möchte nicht behaupten, dass Violet in späteren Jahren ruhig schlief, wenn sie auf ihr Leben zurückblickte – jeder der drei Baudelaires hatte zu viel Schlimmes erlebt, um je friedlich zu schlafen –, aber es war schon so, dass sie immer ein bisschen stolz auf sich selbst war, weil sie damals begriffen hatte, dass sie und ihre Geschwister die Chance nutzen sollten, die Küche zu verlassen und sich an einen sinnvolleren Ort zu begeben.

»Was machen wir denn?«, fragte Klaus. »Wo gehen wir hin?« Auch Sunny schaute ihre Schwester fragend an, doch Violet schüttelte als Antwort nur den Kopf und ging noch ein bisschen schneller auf die Tür des Reptiliensaals zu.

Neuntes Kapitel

Als Violet die gewaltige Tür zum Reptiliensaal öffnete, befanden sich die Reptilien noch immer in ihren Käfigen, standen die Bücher noch immer in den Regalen, strömte die Morgensonne noch immer durch die Glasfenster – und doch war es einfach nicht mehr derselbe Raum. Obschon Dr. Lucafont Onkel Montys Leiche weggeschafft hatte, wirkte der Reptiliensaal nicht mehr so einladend wie sonst. Vermutlich würde er es auch nie mehr sein. Was in einem bestimmten Raum geschehen ist, kann deine Gefühle für diesen Ort ein für alle Mal besudeln, gerade so wie Tinte ein weißes Laken. Du kannst es waschen, so oft du willst, und trotzdem wirst du nie vergessen, was damit passiert ist.

»Ich will da nicht reingehen«, sagte Klaus. »Da ist Onkel Monty gestorben.«

»Ich weiß, dass das nicht schön ist«, sagte Violet, »aber es gibt Arbeit für uns.«

»Arbeit?«, fragte Klaus. »Was für Arbeit denn?«

Violet knirschte mit den Zähnen. »Arbeit, die eigentlich Mr. Poe erledigen müsste«, sagte sie. »Aber der ist wie immer wohlmeinend und kein bisschen hilfreich.« Klaus und Sunny stießen beide einen lauten Seufzer aus, weil ihre Schwester damit ein Gefühl in Worte gefasst hatte, das jeder von ihnen im Stillen schon immer gehabt hatte, seit Mr. Poe sich um ihre Angelegenheiten kümmerte. »Mr. Poe glaubt nicht, dass Stefano und Graf Olaf ein und dieselbe Person sind. Außerdem glaubt er, dass Onkel Montys Tod ein Unfall war. Das heißt, wir müssen ihn in beiden Punkten eines Besseren belehren.«

»Aber Stefano hat keine Tätowierung«, wandte Klaus ein, »und Dr. Lucafont hat das Gift der Mamba du Mal in Montys Blut gefunden.«

»Ich weiß, ich weiß«, sagte Violet ungeduldig. »Wir drei kennen die Wahrheit, aber um die Erwachsenen zu überzeugen, brauchen wir hieb- und stichfeste Beweise für Stefanos Plan.«

»Hätten wir solche hieb- und stichfesten Beweise bloß schon früher gefunden!«, meinte Klaus düster. »Vielleicht hätten wir Onkel Monty dann das Leben retten können.«

»Das werden wir nie wissen«, sagte Violet leise. Sie ließ ihre Blicke durch den Reptiliensaal schweifen, der Onkel Montys Lebenswerk verkörperte. »Wenn wir es aber schaffen, Stefano als Mörder hinter Schloss und Riegel zu bringen, dann können wir zumindest verhindern, dass er noch anderen Menschen Schaden zufügt.«

»Uns selbst eingeschlossen«, meinte Klaus.

»Uns selbst eingeschlossen«, stimmte Violet ihm zu. »Also Klaus, such alle Bücher heraus, in denen Angaben zur Mamba du Mal stehen. Wenn du was gefunden hast, sag mir Bescheid.«

»Das kann Tage dauern«, sagte Klaus und betrachtete die umfangreiche Bibliothek des Onkels.

»So viel Zeit haben wir aber nicht«, sagte Violet entschieden. »Wir haben nicht mal Stunden. Um fünf Uhr läuft die *Prospero* vom Nebelhafen aus, und Stefano wird alles tun, was in seiner Macht steht, um uns auf dieses Schiff zu bringen. Und wenn wir erst allein mit ihm in Peru sind –«

»Schon gut, schon gut,«, sagte Klaus. »Also an die Arbeit! Hier, nimm du dieses Buch.«

»Ich nehme überhaupt kein Buch«, sagte Violet. »Während du in der Bibliothek arbeitest, geh ich rauf in Stefanos Zimmer und schau nach, ob ich irgendwelche Hinweise finde.«

»Allein?«, fragte Klaus. »In seinem Zimmer?«

»Da kann mir absolut nichts passieren«, sagte Violet, obgleich es überhaupt keinen Grund für diese Annahme gab. »Jetzt stürz dich auf die Bücher, Klaus. Sunny, du bewachst die Tür und beißt jeden, der versucht, hier hereinzukommen.«

»Ackroid!«, sagte Sunny, was vermutlich so viel hieß wie *Roger* im Funkverkehr.

Violet ging hinaus und Sunny setzte sich wie versprochen gleich neben die Tür und bleckte die Zähne. Klaus ging in die Bibliothek am anderen Ende des Saals, wobei er sorgsam den Gang mit den Giftschlangen mied. Nicht einmal einen Blick wollte er auf die Mamba du Mal oder irgendein anderes tödliches Reptil werfen. Natürlich wusste Klaus, dass im Grunde genommen nicht die Schlange die Schuld an Onkel Montys Tod trug, sondern Stefano. Trotzdem konnte er es nicht ertragen, das Tier anzuschauen, das der glücklichen Zeit, die ihm und seinen Schwestern hier vergönnt gewesen war, ein Ende bereitet hatte. Seufzend schlug Klaus ein Buch auf. Wie so oft, wenn der einzige Sohn der Baudelaires nicht über seine Lage nachdenken wollte, stürzte er sich in die Lektüre.

An dieser Stelle lassen wir Klaus und Sunny eine Weile im Reptiliensaal allein – Klaus mit seinen Nachforschungen und Sunny, die mit ihren scharfen Zähnen die Tür bewacht – und machen einen Sprung, um zu schauen, was Violet vorhat. Ich bin sicher, dass dich das interessieren wird.

Violet hatte sich nämlich zur Küchentür geschlichen und versuchte etwas von dem aufzuschnappen, was die Erwachsenen redeten. Wie du sicher weißt, ist es beim Lauschen das Wichtigste überhaupt, dass man sich nicht erwischen lässt. Deswegen bewegte Violet sich auch so leise wie möglich und mied alle knarrenden Bodendielen. An der Küchentür angekommen, nahm sie ihre Haarschleife aus der Tasche und ließ sie zu Boden fallen, damit sie, falls jemand die Tür öffnen sollte, behaupten konnte, sie habe nicht gelauscht, sondern sich nur gebückt, um das Band wieder aufzuheben. Das war ein Trick, den sie schon als kleines Mädchen gelernt hatte, wenn sie an der Schlafzimmertür der Eltern gelauscht hatte, um in Erfahrung zu bringen, was sie zum Geburtstag bekommen würde. Wie alle guten Tricks funktionierte auch dieser noch immer.

»Aber Mr. Poe, wenn Stefano mit mir kommt und Sie Dr. Montgomerys Jeep nehmen«, sagte Dr. Lucafont gerade, »wie wollen Sie dann den Weg finden?«

»Ich verstehe«, entgegnete Mr. Poe. »Aber ich glaube nicht, dass Sunny bereit sein wird, sich auf Dr. Montgomerys Schoß zu setzen, jetzt, wo er tot ist. Wir müssen eine andere Lösung finden.«

»Ich hab's!«, sagte Stefano. »Ich fahre die Kinder in Dr. Lucafonts Wagen, und Dr. Lucafont fährt mit Ihnen und Dr. Montgomery in Dr. Montgomerys Jeep.«

»Ich fürchte, das wird nicht gehen«, sagte Dr. Lucafont ernst. »Die Gesetze dieser Stadt erlauben es nicht, dass jemand anderer meinen Wagen lenkt.«

»Außerdem haben wir noch gar nicht über das Gepäck der Kinder gesprochen«, meinte Mr. Poe.

Violet richtete sich auf. Sie hatte genug gehört, um zu wissen, dass ihr genug Zeit blieb, um in Stefanos Zimmer zu gehen. Auf Zehenspitzen schlich sie die Treppe hoch und den Gang entlang bis zu der Tür, vor der Stefano in jener schrecklichen Nacht mit dem Messer in der Hand gesessen hatte. Hier blieb Violet stehen. Es war schon erstaunlich, dachte sie, wie einem alles, was mit Graf Olaf zusammenhing, Angst machte. Er war ein so furchtbarer Mensch, dass allein schon der Anblick seiner Zimmertür dafür sorgte, dass einem das Herz schneller schlug. Fast hoffte Violet, dass Stefano die Treppe hinaufstürmen und sie abfangen würde, so dass sie nicht die Tür öffnen und sein Schlafzimmer betreten müsste. Doch dann dachte sie, dass es ja um ihr Leben ging und um das ihrer Geschwister. Wenn das Leben bedroht ist, entdeckt man oft einen Mut in sich, von dem man vorher gar nicht wusste, dass man ihn besitzt. So entdeckte auch das älteste der Baudelaire-Kinder, dass es den Mut besaß, die Tür zu öffnen. Sie drehte den Messingknauf, wobei ihr noch immer die Schulter wehtat von dem Zusammenprall der beiden Autos. Dann betrat Violet das Zimmer.

Wie sie schon vermutet hatte, war es verdreckt und chaotisch. Das ungemachte Bett war übersät mit Krümeln und Haaren. Zerlesene Zeitungen und Versandkataloge lagen in unordentlichen Haufen auf dem Boden herum. Auf der Kommode stand eine kleine Batterie halb leerer Weinflaschen. Der Kleiderschrank war offen; Kleiderbügel aus verrostetem Draht schaukelten in der Zugluft. Die Fenstervorhänge waren völlig zerkrumpelt und verklebt, und als Violet näher kam, stellte sie entgeistert fest, dass Graf Olaf sie ganz offensichtlich zum Schnäuzen benutzt hatte.

Aber angetrockneter Rotz, so eklig er auch war, stellte doch nicht die Art Beweis dar, auf die Violet gehofft hatte. Die älteste der Baudelaire-Waisen stand mitten im Zimmer und studierte das Durcheinander. Alles war grässlich, nichts war hilfreich. Violet rieb sich die Schulter und dachte daran, wie es gewesen war, als sie und ihre Geschwister noch bei Graf Olaf lebten und dort im Turmzimmer eingesperrt waren. Auch wenn es erschreckend gewesen war, in seinem Allerheiligsten eingeschlossen zu sein – der Ausdruck »Allerheiligstes« heißt hier so viel wie »verdreckter Raum, in dem böse Pläne ausgeheckt werden« –, so hatte es sich doch als ganz nützlich herausgestellt, weil sie dort wenigstens in der Lage gewesen waren, alles über das Eherecht nachzulesen und so einen Ausweg aus ihrer Notlage zu finden. Hier jedoch, in Stefanos Allerheiligstem in Onkel Montys Haus, konnte Violet nichts finden außer den Anzeichen von Graf Olafs Schlampigkeit. Irgendwo musste er doch eine Spur hinterlassen haben, auf die Violet stoßen und die sie Mr. Poe als Beweis präsentieren könnte – aber wo? Entmutigt – und auch voller Angst, dass sie womöglich zu lange in Stefanos Zimmer geblieben war – schlich sie sich leise wieder nach unten.

»Nein, nein, nein«, hörte sie Mr. Poe sagen, als sie auch jetzt wieder an der Küchentür stehen blieb, um zu lauschen. »Dr. Montgomery kann unmöglich fahren. Er ist tot. Aber es muss doch eine Lösung geben!«

»Ich habe es doch schon mehrmals gesagt«, entgegnete Stefano. »Das Einfachste ist, wenn ich die drei Kinder mit in die Stadt nehme, während Sie mit Dr. Lucafont und der Leiche folgen. Nichts leichter als das!«

»Vielleicht haben Sie Recht«, seufzte Mr. Poe, und Violet beeilte sich, in den Reptiliensaal zu kommen.

»Klaus, Klaus!«, rief sie. »Bitte sag, dass du was entdeckt hast! Ich war in Stefanos Zimmer und habe überhaupt nichts gefunden, was uns helfen könnte, und es sieht so aus, als würde Stefano es tatsächlich schaffen, dass wir allein mit ihm fahren.«

Klaus lächelte nur und fing an, laut aus einem Buch vorzulesen, das er in der Hand hielt. »Die Mamba du Mal«, begann er, »eine der tödlichsten Schlangen der Hemisphäre, ist bekannt dafür, dass sie ihre Opfer stranguliert, während sie ihnen ihr tödliches Gift inokuliert, was bei diesen aufgrund der Hypoxie eine livide Verfärbung der Haut hervorruft.«

»Strangulieren? Inokuliert? Hypoxie? Livide?«, wiederholte Violet. »Ich verstehe immer nur Bahnhof« – ein Ausdruck, der bekanntlich nichts mit Zügen zu tun hat, sondern hier nur besagen sollte, dass Violet gar nichts verstand.

»Das ging mir auch so«, gab Klaus zu. »Bis ich ein paar Wörter nachgeschlagen habe. »*Strangulieren* heißt würgen, *inokulieren* bedeutet verabreichen, *Hypoxie* ist dasselbe wie Sauerstoffmangel und *livide* heißt bläulich. Das heißt also, die Mamba du Mal ist bekannt dafür, dass sie Menschen würgt und gleichzeitig beißt, was auf deren Körpern dunkle Flecken hervorruft, die vom Sauerstoffmangel herrühren.«

»Hör auf! Hör auf!«, schrie Violet und hielt sich die Ohren zu. »Ich will nichts mehr davon hören, was mit Onkel Monty passiert ist!«

»Du verstehst mich nicht!«, sagte Klaus sanft. »Das ist es ja gerade *nicht,* was mit Onkel Monty passiert ist. Wenn es so wäre, dann wäre Onkel Montys Körper doch ganz dunkel gewesen. Aber du und ich, wir wissen beide, dass er kreidebleich war.«

Violet wollte etwas sagen, verstummte aber erst einmal, als sie daran dachte, wie leichenblass das Gesicht des Onkels gewesen war, als sie ihn fanden. »Das stimmt«, sagte sie schließlich. »Aber wie ist er dann vergiftet worden?«

»Erinnerst du dich, dass Onkel Monty gesagt hat, dass er von allen Giftschlangen Giftproben in Reagenzgläschen aufbewahrt, um sie untersuchen zu können?«, sagte Klaus. »Ich vermute, Stefano hat das Gift entwendet und es Onkel Monty direkt injiziert.«

»Glaubst du wirklich?« Violet schauderte. »Das ist ja grauenvoll.«

»Okipi!«, schrie Sunny, was offensichtlich Zustimmung bedeutete.

»Wenn wir das Mr. Poe erzählen«, sagte Klaus zuversichtlich, »dann wird Stefano verhaftet und ins Gefängnis gesteckt, weil er Onkel Monty ermordet hat. Dann kann er uns nicht mehr nach Peru verschleppen, nicht mehr mit Messern bedrohen, nicht mehr zwingen, seinen Koffer zu tragen, nichts dergleichen.«

Violet sah ihren Bruder mit vor Aufregung weit aufgerissenen Augen an. »Koffer!«, sagte sie. »Sein Koffer!«

»Wovon redest du eigentlich?«, fragte Klaus verwundert, und Violet wollte es ihm gerade erklären, als es an der Tür klopfte.

»Herein!«, rief Violet, und als Mr. Poe in der Tür erschien, machte sie Sunny schnell ein Zeichen, dass sie ihn nicht beißen sollte.

»Ich hoffe, ihr habt euch inzwischen ein bisschen beruhigt«, sagte Mr. Poe und sah die Kinder der Reihe nach an. »Dann verfolgt ihr vielleicht auch nicht mehr den Gedanken, dass Stefano Graf Olaf sei.« Der Ausdruck »einen Gedanken verfolgen« bedeutet natürlich nicht »ihn jagen« oder »ihm hinterherlaufen«, sondern einfach »denken«.

»Selbst wenn er nicht Graf Olaf ist«, sagte Klaus bedächtig, »so glauben wir doch, dass er für Onkel Montys Tod verantwortlich ist.«

»Unfug!«, rief Mr. Poe heftig. »Onkel Montys Tod war ein schrecklicher Unfall, sonst nichts.« Violet sah ihren Bruder an und schüttelte den Kopf.

Klaus hielt das Buch hoch, aus dem er vorgelesen hatte. »Während Sie in der Küche waren, haben wir uns hier über Schlangen informiert und –«

»Über Schlangen?!«, fragte Mr. Poe. »Man sollte meinen, nach dem, was Mr. Montgomery passiert ist, würdet ihr über alles andere lieber lesen als ausgerechnet über Schlangen.«

»Aber ich habe etwas herausgefunden«, sagte Klaus, »nämlich dass –«

»Es spielt keine Rolle, was du über Schlangen herausgefunden hast«, unterbrach ihn Mr. Poe und zog sein Taschentuch heraus. Die Baudelaires warteten, bis er sich ausgehustet und das Tuch wieder in der Tasche verstaut hatte. »Es spielt keine Rolle«, begann er wieder, »was du über Schlangen herausgefunden hast. Stefano versteht nämlich überhaupt nichts von Schlangen. Das hat er uns selbst gesagt.«

»Aber –«, sagte Klaus wieder, brach jedoch ab, als sein Blick auf Violet fiel. Wieder schüttelte sie fast unmerklich den Kopf, was so viel bedeuten sollte wie: Kein Wort mehr zu Mr. Poe! Klaus blickte von seiner Schwester zu Mr. Poe und machte den Mund wieder zu.

Mr. Poe hüstelte in sein Taschentuch, bevor er auf die Uhr sah. »Also gut, das wäre also geklärt, bleibt nur noch die Sache mit unserer Autofahrt. Ich weiß, dass ihr drei schrecklich gern sehen würdet, wie ein Arztwagen von innen aussieht, wir haben es auch lang und breit diskutiert, aber es lässt sich einfach nicht machen. Ihr drei werdet also mit Stefano in die Stadt fahren, während ich Dr. Lucafont und Onkel Monty begleite. Stefano und Dr. Lucafont sind gerade dabei, das ganze Gepäck wieder auszuladen. In ein paar Minuten geht's los. Wenn ihr mich jetzt bitte entschuldigen würdet – ich muss die Herpetologische Gesellschaft anrufen und ihnen die schlim-

me Nachricht übermitteln.« Er hustete noch einmal in sein Taschentuch und verließ den Reptiliensaal.
»Wieso wolltest du nicht, dass ich Mr. Poe sage, was ich gelesen habe?«, fragte Klaus Violet, sobald er sich sicher war, dass Mr. Poe außer Hörweite war. Violet gab keine Antwort. Sie schaute durch die gläsernen Wände des Reptiliensaals und beobachtete Dr. Lucafont und Stefano, die gerade an den schlangenförmigen Büschen vorbei auf Onkel Montys Jeep zugingen. Stefano öffnete die hintere Wagentür, und Dr. Lucafont begann, mit seinen eigenartig steifen Händen die Koffer auszuladen. »Violet, wieso wolltest du nicht, dass ich Mr. Poe erzähle, was ich gelesen habe?«
Violet ging über Klaus' Frage einfach hinweg. »Wenn die Erwachsenen uns holen kommen«, sagte sie nur, »dann sieh zu, dass sie so lange im Reptiliensaal bleiben, bis ich zurück bin.«
»Aber wie soll ich das machen?«, fragte Klaus.
»Lenk sie mit irgendwas ab«, entgegnete Violet ungeduldig, während sie immer noch durch die Fenster zusah, wie draußen der Kofferberg wuchs.
»Wie denn?«, fragte Klaus besorgt. »Womit?«
»Lieber Himmel, Klaus«, antwortete seine ältere Schwester. »Du hast doch Hunderte von Büchern gelesen. Da muss doch irgendwas dabeigewesen sein darüber, wie man jemanden ablenkt.«
Klaus dachte einen Moment lang nach. »Um den

Trojanischen Krieg zu gewinnen«, sagte er, »versteckten die alten Griechen Soldaten in einem riesigen hölzernen Pferd. Das war so eine Art Ablenkung. Aber ich hab nicht genug Zeit, um ein hölzernes Pferd zu bauen.«

»Dann musst du dir eben was anderes einfallen lassen«, meinte Violet und ging langsam auf die Tür zu, ließ aber das Fenster dabei nicht aus dem Auge. Klaus und Sunny sahen erst ihre Schwester an, dann folgten sie ihrem Blick mit den Augen. Es ist schon bemerkenswert, dass Menschen, die das Gleiche sehen, dabei ganz unterschiedliche Gedanken haben können. Als zum Beispiel die beiden jüngeren Baudelaires den Kofferberg ansahen, dachten sie nur, dass, wenn ihnen jetzt nicht ganz schnell etwas einfiele, sie gleich allein mit Stefano in Onkel Montys Jeep sitzen würden. Aber so wie Violet dreinschaute, als sie den Reptiliensaal verließ, dachte sie ganz offensichtlich etwas anderes. Klaus und Sunny konnten sich nicht vorstellen, was das sein mochte, aber irgendwie musste ihre Schwester zu einer anderen Schlussfolgerung gekommen sein, als sie ihren eigenen braunen Koffer angeschaut hatte, oder den beigen, in dem sich Klaus' Sachen befanden, den winzigen grauen, der Sunny gehörte, oder auch den großen schwarzen mit dem silberglänzenden Schloss, den Stefano mitgebracht hatte.

Zehntes Kapitel

Als du noch ganz klein warst, hat dir vielleicht einmal jemand die Geschichte von dem Hirtenjungen und dem Wolf erzählt. Ein ausgesprochen dummer Junge, vielleicht erinnerst du dich noch, schrie einmal ganz laut »Wolf!«, obwohl gar kein Wolf da war, und als die einfältigen Dörfler herbeigerannt kamen, um ihn zu retten, stellten sie fest, dass das Ganze nur ein Jux war. Als der Junge dann einmal im Ernst »Wolf!« schrie, kamen die Dörfler erst gar nicht. Der Junge wurde gefressen und das war sein Ende und zum Glück auch das der wirklich nicht sehr originellen Geschichte.

Die Moral der Geschichte sollte natürlich diese sein: »Zieh niemals irgendwohin, wo Wölfe frei herumlaufen!«, aber wer immer es war, von dem du sie gehört hast, hat dir bestimmt erzählt, dass die Moral von der Geschichte die sei, dass man nicht lügen soll. Das ist natürlich eine völlig absurde Moral, denn du und ich, wir wissen beide, dass es manchmal nicht nur gut ist zu lügen, sondern dass es sogar notwendig sein kann. Zum Beispiel war es absolut richtig, dass Sunny, sobald Violet den Reptiliensaal verlassen hatte, hinüberkrabbelte zu dem Käfig, in dem die Unglaublich Tödliche Viper lebte, den Riegel aufschob und zu brüllen anfing, so laut sie konnte, obwohl eigentlich gar nichts passiert war.

Eine andere Geschichte, in der auch ein Wolf vorkommt und die dir ganz bestimmt jemand vorgelesen hat, ist genauso absurd. Ich spreche von Rotkäppchen, einem außerordentlich unangenehmen kleinen Mädchen, das es sich, genauso wie der Hirtenjunge, in den Kopf gesetzt hatte, ein Gelände zu betreten, auf dem gefährliche Tiere lebten. Du erinnerst dich sicher, dass der Wolf, nachdem Rotkäppchen sehr unhöflich zu ihm war, die Großmutter des kleinen Mädchens gefressen und zur Tarnung ihre Kleider angezogen hat. Dieser Teil der Geschichte ist der albernste, denn man sollte doch meinen, dass selbst ein so dümmliches Kind wie Rotkäppchen in der Lage wäre, zwischen ihrer Großmutter und einem Wolf im Nachthemd und mit Plüschpantoffeln zu unterscheiden. Wenn du jemanden sehr gut kennst, wie beispielsweise deine Großmutter oder deine kleine Schwester, dann weißt du genau, was echt ist und was nur gespielt. So kam es auch, dass Violet und Klaus, als Sunny zu brüllen anfing, sofort wussten, dass dieses Gebrüll nur gespielt war.

»Dieses Gebrüll ist nur gespielt«, sagte sich Klaus, der am anderen Ende des Reptiliensaals saß.
»Dieses Gebrüll ist nur gespielt«, sagte sich Violet, die gerade die Treppe hinaufging.
»Um Gottes willen! Etwas Schreckliches ist passiert!«, sagte sich Mr. Poe, der gerade in der Küche stand und telefonierte. »Auf Wiederhören!«, rief er noch schnell in den Hörer, legte auf und rannte aus der Küche, um nachzusehen, was passiert war.
»Was ist passiert?«, fragte Mr. Poe Stefano und Dr. Lucafont, die mit dem Ausladen des Gepäcks fertig waren und soeben wieder das Haus betraten. »Ich habe Schreie aus dem Reptiliensaal gehört.«
»Es ist bestimmt nichts Ernstes«, sagte Stefano.
»Sie wissen doch, wie Kinder sind«, sagte Dr. Lucafont.
»Bitte nicht noch so eine Tragödie!«, sagte Mr. Poe und rannte auf die gewaltige Tür des Reptiliensaals zu. »Kinder! Kinder!«
»Hierher!«, antwortete Klaus. »Schnell!« Seine Stimme war rau und leise, und jeder, der Klaus nicht kannte, hätte geglaubt, dass er Angst hatte. Wenn man Klaus jedoch kannte, dann wusste man, dass seine Stimme, wenn er wirklich Angst hatte, ganz hoch und schrill wurde, so wie in dem Augenblick, als er Onkel Montys Leiche entdeckte. Rau und leise wurde seine Stimme dann, wenn er sich das La-

chen verbeißen musste. Es war aber ausgesprochen gut, dass Klaus es schaffte, nicht zu lachen, als Mr. Poe, Stefano und Dr. Lucafont den Reptiliensaal betraten, denn sonst hätte er alles verdorben.

Sunny lag auf dem Marmorboden und strampelte wild mit Armen und Beinen, als ob sie schwimmen wollte. Worüber Klaus am liebsten laut gelacht hätte, war ihr Gesichtsausdruck. Sunnys Mund stand sperrangelweit offen, so dass man ihre vier scharfen Zähne sah, und sie zwinkerte heftig. Sie versuchte so auszusehen, als wäre sie ganz furchtbar erschrocken, und jeder, der Sunny nicht kannte, musste das für echt halten. Aber Klaus kannte Sunny sehr genau und wusste, dass ihr Gesicht, wenn sie wirklich Angst hatte, ganz spitz und verschlossen aussah, so wie damals, als Stefano gedroht hatte, ihr eine Zehe abzuschneiden. Für jeden außer Klaus jedoch sah es so aus, als hätte Sunny schreckliche Angst, vor allem deswegen, weil sie nicht allein dalag. Um Sunnys schmalen Körper hatte sich eine Schlange gewunden, eine Schlange so schwarz wie ein Kohlenschacht und so dick wie ein Abflussrohr. Sie sah Sunny mit ihren funkelnden grünen Augen an und riss das Maul so weit auf, als wollte sie sie jeden Moment beißen.

»Die Unglaublich Tödliche Viper!«, rief Klaus. »Sie wird sie beißen!« Sunny öffnete ihren Mund und ihre Augen noch weiter, damit es so aussah, als hätte sie noch mehr Angst. Auch Dr. Lucafont machte den Mund auf, und Klaus sah, dass er etwas sagen wollte, aber keine Worte fand. Stefano, dem Sunnys Wohlergehen natürlich völlig gleichgültig war, sah immerhin überrascht aus. Mr. Poe jedoch war in völliger Panik.

Grundsätzlich kann man bei Panikzuständen zwei Typen unterscheiden: Der eine steht ganz still da und sagt kein Wort, der andere springt wie besessen herum und redet ununterbrochen, was ihm gerade in den Sinn kommt. Mr. Poe gehörte zu dem zweiten Typus. Noch nie zuvor hatten Klaus und Sunny den Bankier sich so schnell bewegen sehen oder mit so hoher Stimme sprechen hören. »Himmelswillen!«, schrie er und »Herrgott! Allah segne uns! Zeus und Hera! Jesus und Maria! Charles Dickens! Rührt sie bloß nicht an! Packt sie! Näher! Rennt weg! Keine Bewegung! Tötet die Schlange! Lasst sie in Ruhe! Gebt ihr zu fressen! Passt auf, dass sie sie nicht beißt! Lockt sie weg! Komm her, mein Tierchen! Kommkommkomm, mein Schlängelchen!«

Die Unglaublich Tödliche Viper hörte sich geduldig Mr. Poes Geplapper an, ohne Sunny auch nur einen Moment aus den Augen zu lassen, und als Mr. Poe eine Pause machte, um in sein Taschentuch zu husten, reckte sie den Kopf vor und biss Sunny ins

Kinn, genau dort, wo sie sie gebissen hatte, als die Freundschaft der beiden begann.

Klaus bemühte sich, nicht zu grinsen, aber Dr. Lucafont schnappte nach Luft, Stefano riss die Augen weit auf und Mr. Poe sprang aufs Neue wirr plappernd herum.

»Sie hat sie gebissen!«, schrie er. »Sie hat sie gebissen! Sie hat sie gebissen! Beruhigt euch! Los, tut was! Ruft den Krankenwagen! Ruft die Polizei! Ruft einen Zoologen! Ruft meine Frau an! Das ist ja grässlich! Grausig! Grauenvoll! Gespenstisch! Gr– «

»Grund zur Beunruhigung ist das nicht«, unterbrach Stefano ihn gelassen.

»Was wollen Sie damit sagen?«, fragte Mr. Poe ungläubig. »Sunny ist gerade gebissen worden, und zwar von einer – wie heißt diese Schlange noch, Klaus?«

»Die Unglaublich Tödliche Viper«, antwortete Klaus prompt.

»Die Unglaublich Tödliche Viper!«, wiederholte Mr. Poe und wies auf die Schlange, die ihre Zähne immer noch auf Sunnys Kinn richtete. Wieder stieß Sunny einen gespielten Angstschrei aus. »Wie können Sie da sagen, es gäbe keinen Grund zur Beunruhigung?«

»Weil die Unglaublich Tödliche Viper absolut harmlos ist«, sagte Stefano. »Beruhigen Sie sich, Poe. Der

Name der Schlange ist eine Fälschung, die Dr. Montgomery sich ausgedacht hat, weil er sich einen Spaß erlauben wollte.«

»Sind Sie sicher?«, fragte Mr. Poe. Seine Stimme wurde ein wenig leiser, und auch seine Bewegungen wurden etwas weniger hektisch, als er sich langsam beruhigte.

»Natürlich bin ich sicher«, sagte Stefano, und Klaus erkannte in seinem Gesicht einen Ausdruck wieder, an den er sich noch aus der Zeit erinnerte, als sie bei Graf Olaf gelebt hatten. Es war ein Ausdruck schierer Eitelkeit, der verriet, dass Graf Olaf sich für den unglaublichsten Menschen hielt, der je gelebt hatte. Als die Baudelaire-Waisen noch unter der Obhut Graf Olafs lebten, hatten sie ihn oft an ihm gesehen. Immer war er nur zu glücklich gewesen, seine Talente vorzuführen, ob er nun mit seiner abscheulichen Theatertruppe auf der Bühne stand oder ob er im Turmzimmer seine üblen Machenschaften ausheckte. Lächelnd sprach Stefano weiter, begierig, vor Mr. Poe prahlen zu können. »Diese Schlange ist absolut harmlos, regelrecht freundlich. Ich habe alles über die Unglaublich Tödliche Schlange, wie übrigens auch über viele andere, nachgelesen, sowohl hier in der Bibliothek als auch in den privaten Unterlagen von Dr. Montgomery.«

Dr. Lucafont räusperte sich. »Ööh, Boss –«, begann er.

»Unterbrechen Sie mich nicht, Dr. Lucafont«, sagte Stefano. »Ich habe mich durch Bücher über alle wichtigen Spezies durchgearbeitet. Ich habe mir alle Skizzen und Diagramme ganz genau angesehen. Ich habe sorgfältig Aufzeichnungen gemacht und sie jeden Abend vor dem Schlafengehen noch einmal durchgesehen. Wenn ich so sagen darf, so betrachte ich mich durchaus als einen Experten, was Schlangen angeht.«

»Aha!«, schrie Sunny und wand sich aus der Umarmung der Unglaublich Tödlichen Viper.

»Sunny! Du lebst ja noch!«, rief Mr. Poe.

»Aha!«, schrie Sunny noch einmal und zeigte auf Stefano. Die Unglaublich Tödliche Viper zwinkerte triumphierend mit ihren grünen Augen.

Mr. Poe sah Klaus verwirrt an. »Was meint deine Schwester damit?«, fragte er.

Klaus seufzte. Manchmal kam es ihm so vor, als hätte er sein halbes Leben damit verbracht, Mr. Poe irgendetwas zu erklären.

»Mit *Aha* meint Sunny«, begann er, »dass Stefano in einem Moment behauptet, er wisse nichts über Schlangen, und sich dann im nächsten Augenblick als Experten bezeichnet. Mit *Aha* meint sie, dass Stefano uns angelogen hat. Mit *Aha* meint sie, dass es uns endlich gelungen ist, Ihnen zu beweisen, wie verlogen er ist. Mit *Aha* meint sie ›Aha!‹«

Elftes Kapitel

An dieser Stelle machen wir noch einmal einen Sprung und kehren zu Violet zurück, die sich derweil im oberen Stockwerk befand und ihr eigenes Zimmer prüfend betrachtete. Sie holte tief Luft und band sich dann das Haar mit einem Band zusammen, damit es ihr nicht in die Augen fiel. Wie du und ich wissen – und auch jeder andere, der Violet näher kennt –, tut sie dies immer dann, wenn sie etwas erfinden muss. Und in diesem Moment musste sie blitzschnell etwas erfinden.

Als ihr Bruder nämlich davon sprach, wie Stefano sie gezwungen hatte, seinen Koffer ins Haus zu tragen, da war es Violet plötzlich klar geworden, dass sich das Beweisstück, nach dem sie suchte, zweifellos in eben jenem Koffer befand. Und jetzt, während ihre Geschwister dabei waren, die Erwachsenen im Reptiliensaal abzulenken, war die einzige Gelegenheit, den Koffer zu öffnen und den Beweis für Stefanos üble Machenschaften sicherzustellen. Doch ihre schmerzende Schulter erinnerte sie daran, dass sie den Koffer nicht einfach aufmachen konnte – er war verschlossen, und zwar mit einem Schloss, das ebenso funkelte wie Stefanos verschlagen dreinblickende Augen. Wäre ich selbst an Violets Stelle, mit nur wenigen Minuten Zeit, um einen verschlossenen Koffer zu durchsuchen, und nicht auf der Yacht meines Freundes Bela, wo ich gerade an Deck sitze und dies niederschreibe – ich muss gestehen, ich hätte vermutlich alle Hoffnung aufgegeben. Ich wäre auf dem Fußboden zusammengesunken, hätte mit den Fäusten auf den Teppich getrommelt und mich gefragt, warum um alles in der Welt das Leben so ungerecht und voller Unannehmlichkeiten sein muss.

Zum Glück für die Baudelaires war Violet jedoch aus härterem Holz geschnitzt, und so sah sie sich gründlich in ihrem Zimmer um auf der Suche nach etwas, das ihr helfen mochte. Viel gab es da nicht von dem, was ein Erfinder so braucht. Violet sehnte sich nach einem geeigneten Raum, in dem sie an ihren Erfindungen arbeiten konnte, einem Raum voller Drähte und Schalter und der ganzen Ausrüstung, die man einfach braucht, um erstklassige Apparate zu erfinden. Onkel Monty besaß zwar durchaus eine ganze Menge solcher Dinge, aber zu Violets großer Enttäuschung befanden sie sich alle im Reptiliensaal. Sie betrachtete die großen Bögen Pergamentpapier, die sie an die Wand geheftet hatte, weil sie hoffte, dort ihre Erfindungen skizzieren zu können, solange sie in Onkel Montys Haus lebte. Doch die Probleme hatten sie so schnell eingeholt, dass auf den Bögen nicht mehr zu sehen war als ein paar Notizen, die sie im Licht der Stehlampe in ihrer allerersten Nacht hier gemacht hatte. Beim Gedanken daran wanderten Violets Augen zur Stehlampe, und als ihr Blick bei der Steckdose angelangt war, kam ihr eine Idee.

Wir alle wissen natürlich, dass wir nie,

nie, nie, nie, nie, nie, nie, nie, nie, nie, nie, nie, nie,
nie, nie, nie, nie, nie, nie, nie, nie, nie, nie, nie, nie,
nie, nie, nie, nie, nie, nie, nie, nie, nie, nie, nie, nie,
nie, nie, nie, nie, nie, nie, nie, nie, nie, nie, nie, nie,
nie, nie, nie, nie, nie, nie, nie, nie, nie, nie, nie, nie,
nie, nie, nie, nie, nie, nie, nie, nie, nie, nie, nie, nie,
nie, nie, nie, nie, nie, nie, nie, nie, nie, nie, nie, nie,
nie, nie, nie, nie, nie, nie, nie, nie, nie, nie, nie, nie,
nie, nie, nie, nie, nie, nie, nie, nie, nie, nie, nie, nie,
nie, nie, nie, nie, nie, nie, nie, nie, nie, nie, nie, nie,
nie, nie, nie, nie, nie, nie, nie, nie, nie, nie, nie, nie,
nie, nie, nie, nie, nie, nie, nie, nie, nie, nie, nie, nie,
nie, nie, nie, nie, nie, nie, nie, nie, nie, nie, nie, nie,
nie, nie, nie, nie, nie, nie, nie, nie, nie, nie, nie, nie,
nie, nie, nie, nie, nie, nie, nie, nie, nie, nie, nie, nie,
nie, nie, nie, nie, nie, nie, nie, nie, nie, nie, nie, nie,
nie, nie, nie, nie, nie, nie, nie, nie, nie, nie, nie, nie,
nie, nie, nie, nie, nie, nie, nie, nie, nie, nie, nie, nie,
nie, nie, nie, nie, nie, nie, nie, nie, nie, nie, nie, nie,
nie, nie, nie, nie, nie, nie, nie, nie, nie, nie, nie, nie,
nie, nie, nie, nie, nie, nie, nie, nie, nie, nie, nie, nie,
nie, nie, nie, nie, nie, nie, nie, nie, nie, nie, nie, nie,
nie, nie, nie, nie, nie, nie, nie, nie, nie, nie, nie, nie,
nie, nie, nie, nie, nie, nie, nie, nie, nie, nie, nie, nie,
nie, nie, nie, nie, nie, nie, nie, nie, nie, nie, nie, nie,
nie, nie, nie, nie, nie, nie, nie, nie, nie, nie, nie, nie,
nie, nie, nie, nie, nie, nie, nie, nie, nie, nie, nie, nie,

wirklich *niemals* an elektrischen Vorrichtungen herumfummeln dürfen. *Unter gar keinen Umständen.* Dafür gibt es zwei Gründe: Der eine ist, dass du einen Stromschlag bekommen kannst, was nicht nur tödlich ist, sondern auch äußerst unangenehm. Der zweite Grund ist der, dass du nicht Violet Baudelaire bist, einer der ganz wenigen Menschen auf dieser Welt, die wissen, wie man mit solchen Dingen umzugehen hat. Selbst Violet war äußerst nervös, als sie vorsichtig den Stecker aus der Dose zog und ihn lange betrachtete. Es könnte klappen.

In der Hoffnung, dass Klaus und Sunny es schafften, die Erwachsenen weiter im Reptiliensaal festzuhalten, wackelte Violet so lange an den beiden Stiften des Steckers, bis sie sich aus der Plastikummantelung lösten. Dann nahm sie einen der Reißnägel von der Wand, mit denen die Pergamentpapierbögen befestigt waren, woraufhin die eine Ecke des Papiers schlaff herunterhing. Mit dem spitzen Ende des Reißnagels bearbeitete Violet die beiden Metallstifte so lange, bis sich der eine um den anderen biegen ließ. Damit die beiden Teile nicht verrutschen konnten, klemmte sie den Reißnagel dazwischen. Das Ergebnis war ein Metallstückchen, das du vielleicht gar nicht bemerken würdest, wenn du es auf der Straße liegen sähest, aber was Violet da gemacht hatte, war tatsächlich ein Dietrich. Dietrich ist, wie du weißt, nicht nur ein männlicher Vorname. Auch ein Drahthaken, der wie ein Schlüssel funktioniert und normalerweise von bösen Menschen benutzt wird, um in Häuser ein- oder aus Gefängnissen auszubrechen, heißt Dietrich. Wir haben es hier jedoch mit einem der wenigen Fälle zu tun, in denen ein Dietrich von einem guten Menschen benutzt wurde, nämlich von Violet Baudelaire.

Violet lief leise wieder nach unten. In der einen Hand hielt sie den Dietrich, mit der anderen drückte sie sich selbst den Daumen. Während sie auf Zehenspitzen an der gewaltigen Tür des Reptiliensaals vorbei aus dem Haus schlich, hoffte sie, dass ihre Abwesenheit nicht bemerkt würde. Den Blick fest abgewendet von Dr. Lucafonts Auto, um auch nicht das kleinste bisschen von Onkel Montys Leiche sehen zu müssen, ging das älteste der Baudelaire-Kinder auf den Kofferberg zu.

Zuerst betrachtete sie die alten Koffer, die den Baudelaires gehörten. Sie enthielten lauter hässliche, kratzige Kleidung, die Mrs. Poe ihnen kurz nach dem Tod der Eltern Baudelaire gekauft hatte. Einige Augenblicke lang konnte Violet nicht anders, als daran zu denken, wie mühelos ihr Leben gewesen war, bevor all dieser Kummer über sie gekommen war, und dass sie sich nun so völlig unerwartet in einer so elenden Lage befanden. Für dich und mich ist es vielleicht nicht mehr so überraschend, weil wir wissen, wie katastrophal das Leben der Baudelaire-Waisen ist, doch Violet selbst staunte immer wieder aufs Neue über ihr Missgeschick, und so kam es, dass sie eine volle Minute brauchte, bis es ihr gelang, den Gedanken an ihre Lage aus ihrem Kopf zu verdrängen und sich auf das zu konzentrieren, was sie tun musste.

Sie kniete sich hin, um besser an Stefanos Koffer heranzukommen, nahm das silberglänzende Schloss in die eine Hand, holte tief Luft und steckte den Dietrich in das Schlüsselloch. Er ging hinein, aber als Violet ihn drehen wollte, bewegte er sich kaum von der Stelle, sondern kratzte nur ganz leicht an der Innenseite des Schlüssellochs. Er musste sich reibungsloser bewegen lassen, sonst würde der Trick nicht funktionieren. Violet zog ihren Dietrich heraus und nahm ihn kurz in den Mund, um ihn anzufeuchten. Das Metall schmeckte so scheußlich, dass sie das Gesicht verzog. Dann steckte sie den Dietrich noch einmal in das Schlüsselloch und versuchte ihn umzudrehen. Einen Moment lang schien es, als ließe er sich bewegen, doch dann rührte er sich nicht weiter.

Violet nahm den Dietrich wieder heraus und überlegte angestrengt, während sie ihr Haar wieder zusammenband. In dem Moment, als sie sich das Haar aus dem Gesicht strich, spürte sie plötzlich ein Prickeln auf der Haut, das ihr ebenso unangenehm wie vertraut war. Sie hatte das Gefühl, beobachtet zu werden. Sie blickte rasch hinter sich, doch außer den schlangenförmigen Büschen war auf dem Rasen nichts zu sehen. Sie schaute zur Seite, sah aber nichts als den Weg, der zur Schaurigen Chaussee hinunterführte. Dann blickte sie geradeaus, durch die gläsernen Wände des Reptiliensaals hindurch.

Es war ihr bis dahin nie klar gewesen, dass man von außen genauso gut in den Reptiliensaal hineinschauen konnte wie von innen hinaus, doch als Violet jetzt aufsah, erkannte sie zwischen den Reptilienkäfigen Mr. Poe, der aufgeregt auf- und abhüpfte. Du und ich, wir wissen natürlich, dass Mr. Poe in Panik geraten war wegen Sunny und der Unglaublich Tödlichen Viper, aber Violet wusste nur, dass die List, die ihre Geschwister ausgeheckt hatten, noch funktionierte. Warum sie allerdings dieses Prickeln auf der Haut verspürte, begriff sie erst, als sie etwas näher hinsah und gleich rechts von Mr. Poe Stefano sah, der ihr seinerseits direkt ins Gesicht blickte.

Vor Überraschung und Schrecken klappte ihr der Unterkiefer hinunter. Jeden Augenblick, das wusste sie, konnte Stefano eine Ausrede erfinden, um den

Reptiliensaal zu verlassen und zu ihr herauszukommen, und sie hatte doch den Koffer noch nicht einmal geöffnet. In null Komma nichts musste sie jetzt herausfinden, wie dieser Dietrich funktionieren könnte. Sie schaute hinunter auf den feuchten Kies, mit dem die Auffahrt bedeckt war, dann hoch zur gelblichen Nachmittagssonne. Schließlich schaute sie auf ihre Hände, die noch ganz eingestaubt waren, seit sie den Stecker auseinandergenommen hatte. In diesem Moment kam ihr eine Idee.

Sie sprang auf und raste zum Haus zurück, geradeso, als wäre Stefano schon hinter ihr her, und stieß die Tür zur Küche auf. Vor lauter Eile warf sie einen Stuhl um, als sie zum Waschbecken lief und sich die tropfnasse Seife schnappte. Vorsichtig rieb sie mit dem schmierigen Zeug über den Dietrich, bis ihre ganze Erfindung mit einer feinen, glatten Schicht überzogen war.

Laut pochte ihr Herz in der Brust, als Violet wieder nach draußen rannte. Ein flüchtiger Blick durch die Wände des Reptiliensaals zeigte ihr, dass Stefano gerade etwas zu Mr. Poe sagte. Er war dabei, mit seinem großen Wissen über Schlangen zu prahlen, aber das konnte Violet ja nicht ahnen. Sie kniete sich wieder vor den Koffer und beeilte sich, den Dietrich von neuem ins Schloss zu stecken. Im Nu ließ er sich herumdrehen, bevor er in ihrer Hand in zwei Teile zerbrach. Mit einem dumpfen Geräusch fiel die eine Hälfte ins Gras, während die andere aus dem Schlüsselloch herausragte wie ein abgebrochener Zahn. Violets Dietrich war kaputt.

Verzweifelt schloss Violet einen Moment lang die Augen, bevor sie wieder aufsprang und sich dabei auf den Koffer stützte. Im selben Moment jedoch, als sie eine Hand auf den Koffer legte, sprang erst das Schloss auf und dann der Koffer und sein Inhalt verteilte sich auf der Erde. Vor Überraschung setzte sich Violet hin. Irgendwie musste sie das Schloss geöffnet haben, als sie den Dietrich umdrehte. Selbst im trostlosesten Leben kann es dann und wann so einen Glücksmoment geben.

Wie uns die Experten bestätigt haben, ist es äußerst schwierig, eine Nadel in einem Heuhaufen zu finden, weswegen der Ausdruck »wie eine Nadel im Heuhaufen« eine ziemlich abgedroschene Redewendung geworden ist, die so viel bedeutet wie: »Etwas ist schwer zu finden.« Der Grund, weshalb es so schwierig ist, eine Nadel in einem Heuhaufen zu finden, ist natürlich der, dass von all den Dingen, die man in einem Heuhaufen finden kann, die Nadel nur eines ist. Wenn du allerdings einfach irgendetwas suchst in einem Heuhaufen, dann wäre das gar kein Problem, denn sobald man erst einmal anfängt, einen Heuhaufen zu durchsuchen, dann findet man mit großer Wahrscheinlichkeit auf Anhieb etwas: Heu natürlich, aber auch Erde, Käfer, Werkzeuge, vielleicht sogar einen Mann, der aus dem Gefängnis entflohen ist und sich dort versteckt hält. Als Violet nun den Inhalt von Stefanos Koffer durchsuchte, war das eher so, wie wenn man einen Heuhaufen nach *irgendetwas* durchsucht. Sie wusste ja nicht einmal genau, was sie zu finden hoffte. Folglich war es auch relativ einfach, nützliche Beweisstücke zu finden: ein Glasröhrchen mit einer versiegelten Gummikappe, wie man sie vielleicht in einem wissenschaftlichen Laboratorium sieht, eine Spritze mit einer spitzen Nadel, wie sie der Arzt benutzt, um dich zu impfen, ein kleines Bündel gefalteter Papiere, ein in Plastik eingeschweißtes Kärtchen, eine Puderquaste und einen kleinen Taschenspiegel.

Obschon sie wusste, dass ihr nur noch wenige Augenblicke Zeit blieben, legte Violet all diese Gegenstände beiseite, getrennt von den stinkenden Kleidungsstücken und der Weinflasche, die sich ebenfalls in dem Koffer befunden hatten, und betrachtete sie gründlich. Sie konzentrierte sich auf jedes ihrer Beweisstücke, so als wären es lauter kleine Teile, aus denen sie einen Apparat bauen wollte. In gewisser Weise war es auch so: Violet Baudelaire musste diese Beweisstücke irgendwie zusammenfügen, um Stefanos bösen Plan zu durchkreuzen und um endlich wieder Frieden und Gerechtigkeit in das Leben der Baudelaire-Waisen einziehen zu lassen – zum ersten Mal, seit ihre Eltern bei jenem schrecklichen Feuer ums Leben gekommen waren. Violet starrte jedes einzelne Beweisstück an und dachte angestrengt nach, und es dauerte nicht lange, bis sich ihre Miene aufhellte, so wie es immer geschah, wenn sich die Teile von irgendetwas lückenlos zusammenfügten und ein Apparat so funktionierte, wie er sollte.

Zwölftes Kapitel

An dieser Stelle machen wir zum letzten Mal in dieser Geschichte einen Sprung. Wir verlassen Violet Baudelaire und kehren in den Reptiliensaal zurück, wo Klaus soeben Mr. Poe erklärt hat, was Sunny damit meinte, als sie laut »Aha!« rief. Alles starrte auf Stefano. Sunny schaute triumphierend drein, Klaus trotzig, Mr. Poe wütend und Dr. Lucafont besorgt. Wie die Unglaublich Tödliche Viper schaute, war nicht zu sagen, weil der Gesichtsausdruck von Schlangen ganz allgemein schwer zu deuten ist. Stefano erwiderte schweigend den Blick all dieser Menschen. Sein Gesicht zuckte, so als könnte er sich nicht entscheiden, ob er auspacken sollte, ein Ausdruck, der hier so viel bedeuten soll wie »zugeben, dass er tatsächlich Graf Olaf war und Böses im Schilde führte« oder ob er weiter an seinem Lügengespinst weben sollte, ein Ausdruck, der hier so viel heißt wie »lügen, lügen, lügen«.

»Stefano«, sagte Mr. Poe und hustete in sein Taschentuch. Klaus und Sunny warteten ungeduldig darauf, dass er weitersprach. »Stefano, ich denke,

Sie schulden uns eine Erklärung. Soeben haben sie sich als Experten für Schlangen bezeichnet. Vorhin jedoch haben Sie uns gesagt, dass Sie überhaupt keine Ahnung hätten von Schlangen, weswegen Sie mit dem Tod von Dr. Montgomery nichts zu tun haben könnten. Was wird hier eigentlich gespielt?«

»Wenn ich zuvor sagte, dass ich keine Ahnung hätte von Schlangen«, antwortete Stefano, »so war das nur Ausdruck meiner Bescheidenheit. Wenn Sie mich nun bitte entschuldigen würden, ich müsste kurz hinaus, um –«

»Das war nicht Bescheidenheit!«, rief Klaus empört. »Das war eine Lüge! Auch jetzt lügt Ihr. Ein Lügner und ein Mörder seid Ihr, nichts weiter!«

Stefano riss die Augen auf und sein Gesicht lief dunkelrot an vor Zorn. »Dafür hast du keinen Beweis«, sagte er.

»Und ob wir das haben!«, sagte eine Stimme. Alles fuhr herum, und da stand Violet in der Tür, ein Lächeln im Gesicht und ihre Beweisstücke in den Händen. Triumphierend schritt sie durch den ganzen Reptiliensaal hindurch, bis dorthin, wo die Bücher über die Mamba du Mal, die Klaus gelesen hatte, noch immer aufgestapelt lagen. Die anderen folgten ihr zwischen den Reptilienkäfigen hindurch. Schweigend stellte Violet sämtliche Gegenstände in einer Reihe auf den Tisch: das Glasröhrchen mit der versiegelten Gummikappe, die Spritze mit der Nadel, das kleine Bündel gefalteter Papiere, ein eingeschweißtes Kärtchen, die Puderquaste und den kleinen Taschenspiegel.

»Was soll das sein?«, fragte Mr. Poe und wies auf das Arrangement.

»Das«, sagte Violet, »sind Beweisstücke, die ich in Stefanos Koffer gefunden habe.«

»Mein Koffer«, sagte Stefano, »gehört zu meinen persönlichen Gegenständen, und du hast kein Recht, dir daran zu schaffen zu machen. Es ist ausgesprochen unhöflich von dir und außerdem war der Koffer verschlossen.«

»Es handelte sich um einen Notfall«, sagte Violet gelassen, »deswegen habe ich das Schloss geknackt.«

»Wie hast du das denn geschafft?«, fragte Mr. Poe. »Ein gut erzogenes Mädchen sollte gar nicht wissen, wie so etwas geht.«

»Meine Schwester ist ein gut erzogenes Mädchen«, sagte Klaus, »*und* sie kennt sich mit allen möglichen Sachen aus.«

»Rufik!«, stimmte Sunny ihm zu.

»Nun, darüber reden wir später«, sagte Mr. Poe. »Jetzt sprich erst einmal weiter.«

»Als Onkel Monty starb«, begann Violet, »waren meine Geschwister und ich sehr traurig, aber gleichzeitig auch sehr misstrauisch.«

»Wir waren nicht misstrauisch!«, rief Klaus dazwischen. »Wenn jemand misstrauisch ist, dann heißt das, dass er sich nicht sicher ist. Aber wir waren uns absolut sicher, dass Stefano ihn umgebracht hat!«

»Unsinn!«, sagte Dr. Lucafont. »Ich sagte doch schon, der Tod von Dr. Montgomery war ein Unfall. Die Mamba du Mal ist aus ihrem Käfig entwischt und hat ihn gebissen, das war alles.«

»Verzeihung«, sagte Violet, »aber das war nicht alles. Klaus hat nachgeschlagen, was hier über die Mamba du Mal steht, und hat herausgefunden, wie sie ihre Opfer tötet.«

Klaus ging hinüber zu seinem Bücherstapel und schlug den obersten Band auf. Er hatte die Stelle mit einem Papierstreifen markiert, so dass er auf Anhieb fand, was er suchte. »Die Mamba du Mal«, las er laut vor, »eine der tödlichsten Schlangen der Hemisphäre, ist bekannt dafür, dass sie ihre Opfer stranguliert, während sie ihnen ihr tödliches Gift inokuliert, was bei diesen aufgrund der Hypoxie eine livide Verfärbung der Haut hervorruft.« Er legte das Buch weg und wandte sich an Mr. Poe. »Also, *strangulieren* bedeutet –«

»Wir wissen, was das Wort bedeutet«, brüllte Stefano.

»Dann müsstet Ihr auch wissen«, sagte Klaus eisig, »dass die Mamba du Mal Onkel Monty nicht getötet haben kann. Sein Körper wies keinerlei livide Verfärbung auf. Er war vollkommen bleich«

»Das stimmt«, sagte Mr. Poe, »aber es beweist noch nicht, dass Dr. Montgomery ermordet wurde.«

»Genau«, sagte Dr. Lucafont. »Vielleicht hatte die Schlange zufällig dieses Mal keine Lust, ihr Opfer zu würgen.«

»Wahrscheinlicher ist«, sagte Violet, »dass Onkel Monty mit Hilfe dieser Gegenstände getötet wurde.« Sie hielt das versiegelte Glasröhrchen hoch. »Auf dem Etikett steht *Venum du Mal* und es stammt ganz offensichtlich aus Onkel Montys Schränkchen mit den Giftproben.« Dann hielt sie die Spritze mit der spitzen Nadel hoch. »Stefano – beziehungsweise Graf Olaf – hat diese Spritze genommen und Onkel Monty das Gift injiziert. Anschließend hat er ein zweites Mal in die Haut gestochen, damit es so aussah, als hätte die Schlange Monty gebissen.«

»Aber ich habe Dr. Montgomery geliebt«, sagte Stefano. »Sein Tod hätte mir doch gar nichts gebracht.«

Wenn jemand derart dreist lügt, dann ist es manchmal das Beste, man geht einfach darüber hinweg.

»Wenn ich achtzehn werde«, fuhr Violet fort, ohne Stefano überhaupt zu beachten, »werde ich, wie wir alle wissen, das Vermögen der Baudelaires erben, und Stefano hatte die Absicht, dieses Vermögen an sich zu reißen. Das wäre natürlich einfacher an einem Ort, an dem seine Spur nicht so leicht zu verfolgen ist, zum Beispiel in Peru.« Violet hielt das kleine Bündel gefalteter Papiere hoch. »Dies sind die Fahrkarten für die *Prospero*, die heute um fünf mit Kurs auf Peru vom Nebelhafen ausläuft. Dahin war Stefano mit uns unterwegs, Mr. Poe, als wir mit Ihnen zusammenstießen.«

»Aber Onkel Monty hat Stefanos Fahrkarte doch zerrissen«, sagte Klaus, der ganz verwirrt aussah. »Ich hab es selbst gesehen.«

»Das stimmt«, sagte Violet. »Deswegen musste er Onkel Monty auch aus dem Weg schaffen. Er hat Onkel Monty ermordet –«, Violet schauderte es, und sie schwieg einen Moment, bevor sie fortfuhr. »Er hat Onkel Monty ermordet und ihm dieses eingeschweißte Kärtchen weggenommen. Es ist Montys Mitgliedsausweis von der Herpetologischen Gesellschaft. Stefano hatte vor, als Onkel Monty an Bord der *Prospero* zu gehen und uns so nach Peru zu entführen.«

»Aber was ich nicht verstehe«, warf Mr. Poe ein, »ist, woher Stefano überhaupt von eurem Vermögen wusste.«

»Weil er in Wirklichkeit Graf Olaf ist«, sagte Violet entnervt, weil sie ihm etwas erklären musste, was ihr und ihren Geschwistern und dir und mir im selben Moment klar war, als Stefano ankam. »Er hat sich vielleicht den Kopf kahl geschoren und seine eine Augenbraue entfernt, aber die Tätowierung an seinem linken Knöchel konnte er nur mit dieser Puderquaste und dem Taschenspiegel loswerden. Sein linker Knöchel ist dick überschminkt, damit man das Auge nicht mehr sieht. Ich wette, wenn wir mit einem Tuch darüberreiben, kommt die Tätowierung zum Vorschein.«

»Das ist doch absurd!«, rief Stefano.

»Das werden wir ja sehen«, entgegnete Mr. Poe. »Nun, wer hat ein Tuch?«

»Ich nicht«, sagte Klaus.

»Ich nicht«, sagte Violet.

»Guwiil«, sagte Sunny.

»Tja, wenn keiner ein Tuch hat, dann können wir die Sache ebensogut vergessen«, sagte Dr. Lucafont, doch Mr. Poe streckte einen Finger hoch, um ihn zu unterbrechen. Zur Erleichterung der Baudelaire-Waisen griff er in seine Tasche und zog sein Taschentuch heraus.

»Ihren linken Knöchel, bitte!«, sagte er streng zu Stefano.

»Da sind aber Krankheitserreger dran!«, jammerte Stefano. »Sie haben den ganzen Tag hineingehustet.«

»Wenn Sie tatsächlich der sind, für den die Kinder Sie halten«, antwortete Mr. Poe, »dann sind Krankheitserreger Ihr geringstes Problem. Den linken Knöchel, bitte.«

Stefano – und dies ist zum Glück das letzte Mal, dass wir ihn bei diesem erfundenen Namen nennen müssen – maulte erst, zog aber schließlich das linke Hosenbein hoch, damit man seinen Knöchel sah. Mr. Poe kniete sich hin und rieb ein paar Mal darüber. Zuerst schien sich gar nichts zu tun, doch dann, so wie die Sonne nach einem gewaltigen Regenguss wieder durch die Wolken bricht, zeigten sich die feinen Umrisse eines Auges. Nach und nach wurde es immer deutlicher, bis es so schwarz war wie damals, als die Kinder es zuerst erblickten – damals, als sie bei Graf Olaf einzogen.

Violet, Klaus und Sunny starrten das Auge an und das Auge starrte zurück. Zum ersten Mal in ihrem Leben waren die Baudelaire-Waisen glücklich bei seinem Anblick.

Dreizehntes Kapitel

Wenn dies ein Buch wäre, das zur Unterhaltung kleiner Kinder geschrieben wurde, dann wüsstest du, was als Nächstes passieren würde. Nachdem der Bösewicht entlarvt und seine üblen Machenschaften aufgedeckt sind, würde die Polizei am Tatort eintreffen und ihn für den Rest seines Lebens hinter Gitter bringen, während die heldenhaften Kinder Pizza essen gehen und glücklich und in Freuden leben. Doch dieses Buch handelt von den Baudelaire-Waisen, und du und ich wissen, dass die Wahrscheinlichkeit, dass diese drei Kinder glücklich und in Freuden leben, ungefähr so groß ist wie die, dass Onkel Monty wieder zum Leben erwacht. Den Baudelaire-Waisen schien es allerdings, als die Tätowierung zum Vorschein kam und Graf Olafs Lug und Trug ein für alle Mal bewiesen war, dass wenigstens ein kleines bisschen von Onkel Monty wieder bei ihnen war.

»Das ist in der Tat das Auge«, sagte Mr. Poe und hörte zu reiben auf. »Ihr seid ganz eindeutig Graf Olaf und Ihr steht ganz eindeutig unter Arrest.«

»Und ich bin ganz eindeutig schockiert«, sagte Dr. Lucafont und schlug seine seltsam massiven Hände über dem Kopf zusammen.

»Das bin ich auch«, sagte Mr. Poe und packte Graf Olaf am Arm für den Fall, dass er versuchen sollte wegzulaufen. »Violet, Klaus, Sunny – bitte verzeiht mir, dass ich euch nicht eher geglaubt habe. Es schien mir einfach zu weit hergeholt, dass er euch ausfindig gemacht, sich als Assistent eines Wissenschaftlers verkleidet und einen raffinierten Plan ausgeheckt haben sollte, um euch euer Vermögen zu stehlen.«

»Was ist wohl mit Gustav passiert, Onkel Montys richtigem Assistenten?«, fragte sich Klaus laut. »Wenn Gustav nicht gekündigt hätte, dann hätte Onkel Monty Graf Olaf doch niemals angestellt.«

Graf Olaf hatte kein Wort gesagt, seit die Tätowierung deutlich sichtbar geworden war. Seine funkelnden Augen schossen hierhin und dorthin und beobachteten jeden genau, so wie ein Löwe eine Antilopenherde beobachtet, während er überlegt, welches Tier er wohl am besten töten und fressen sollte. Doch bei der Erwähnung von Gustav horchte er auf.

»Gustav hat nicht gekündigt«, sagte er mit seiner pfeifenden Stimme. »Gustav ist tot! Eines Tages, als er gerade Wildblumen sammelte, habe ich ihn im Meuchelmoor ertränkt. Dann habe ich ein Schreiben gefälscht, in dem er seine Kündigung mitteilte.« Graf Olaf sah die drei Kinder an, als wollte er sich jeden Moment auf sie stürzen und sie erwürgen, doch stattdessen stand er vollkommen still da, was irgendwie sogar noch gruseliger war. »Aber das ist noch gar nichts verglichen mit dem, was ich mit euch machen werde, Waisen. Diese Runde des Spiels habt ihr gewonnen, aber ich komme zurück, und dann krieg ich euer Vermögen – und euch geht's an den feinen Kragen.«

»Das hier ist kein Spiel, Ihr schrecklicher Mensch«, widersprach Mr. Poe. »Domino ist ein Spiel. Oder Wasserpolo. Mord jedoch ist ein Verbrechen und dafür kommt Ihr hinter Gitter. Ich fahre Euch jetzt gleich zur Polizeiwache. Oh, verflixt, das geht ja gar nicht. Mein Auto ist doch kaputt! Nun gut, dann bringe ich Euch eben in Dr. Montgomerys Jeep dorthin. Kinder, ihr könnt mit Dr. Lucafont nachkommen. Es sieht so aus, als hättet ihr doch noch Gelegenheit, ein Arztauto von innen zu sehen.«

»Es wäre wohl einfacher«, warf Dr. Lucafont ein, »wenn Stefano bei mir mitfährt und die Kinder nachkommen. Schließlich ist Dr. Montgomerys Leiche in meinem Wagen, so dass sowieso nicht Platz genug ist für alle drei.«

»Also«, meinte Mr. Poe, »ich würde die Kinder nur ungern enttäuschen, nach allem, was sie durchgemacht haben. Wir könnten Dr. Montgomerys Leiche in den Jeep schaffen und –«

»Es interessiert uns absolut nicht, wie es im Auto eines Arztes aussieht«, unterbrach ihn Violet ungeduldig. »Das haben wir uns nur ausgedacht, weil wir nicht mit Graf Olaf allein sein wollten.«

»Es ist nicht schön von euch zu lügen, Kinder«, sagte Graf Olaf.

»Ich glaube kaum, dass es Euch zusteht, den Moralapostel zu spielen, Graf Olaf«, sagte Mr. Poe streng. »Nun gut, Dr. Lucafont – dann nehmen Sie ihn eben mit.«

Dr. Lucafont packte Graf Olaf mit einer seiner seltsam steifen Hände an der Schulter und führte ihn aus dem Reptiliensaal hinaus auf die Eingangstür zu. Dort blieb er noch einmal stehen und nickte Mr. Poe und den drei Kindern mit einem dünnen Lächeln zu.

»Sagt den drei Waisen Adieu, Graf Olaf«, sagte Dr. Lucafont.

»Adieu«, sagte Graf Olaf.

»Adieu«, sagte Violet.

»Adieu«, sagte Klaus.

Mr. Poe hustete in sein Taschentuch und machte nur eine flüchtige, fast wie angeekelt wirkende Handbewegung in die Richtung von Graf Olaf. Sunny sagte gar nichts. Violet und Klaus sahen zu ihr hinunter, erstaunt, dass sie weder *Jiit!* noch *Libo!* gesagt hatte oder was sie sonst zum Abschied zu sagen pflegte. Doch Sunny starrte Dr. Lucafont wild entschlossen an und im nächsten Augenblick machte sie einen Satz und biss ihn ins Handgelenk.

»Sunny!«, sagte Violet und wollte sich gerade entschuldigen, als sie sah, wie sich die ganze Hand von Dr. Lucafonts Arm löste und zu Boden fiel. Sunnys vier scharfe Zähne schlugen hinein, und es gab ein krachendes Geräusch, das sich eher nach zerbrechendem Holz oder Plastik anhörte als nach Haut und Knochen. Und als Violet dorthin schaute, wo Dr. Lucafonts Hand gewesen war, sah sie da kein Blut und keine Wunde, sondern nur einen glänzenden Haken. Auch Dr. Lucafont sah auf den Haken, bevor er zu Violet hinüberblickte und ein fürchterliches Grinsen auf seinem Gesicht erschien. Graf Olaf grinste ebenfalls und im nächsten Augenblick waren die beiden pfeilschnell zur Tür hinaus.

»Der Hakenmann!«, brüllte Violet. »Das ist gar kein Arzt! Das ist einer von Graf Olafs Spießgesellen!« Instinktiv streckte Violet die Hand dorthin aus, wo die beiden Männer gestanden hatten, aber sie waren nicht mehr da und Violet griff ins Leere. Sie riss die Haustür weit auf und sah die beiden eben noch zwischen den schlangenförmigen Büschen hindurchsprinten.

»Ihnen nach!«, rief Klaus und alle drei Baudelaires wollten schon los. Doch Mr. Poe stellte sich vor sie und schnitt ihnen den Weg ab.

»Nein!«, schrie er.

»Aber das ist der Hakenmann!«, schrie Violet. »Er und Olaf hauen ab!«

»Ich kann nicht erlauben, dass ihr zwei gefährlichen Verbrechern hinterherrennt«, entgegnete Mr. Poe. »Schließlich bin ich für eure Sicherheit verantwortlich, und ich lasse nicht zu, dass euch irgendetwas Böses geschieht.«

»Dann laufen Sie ihnen doch selbst nach«, rief Klaus. »Aber schnell!«

Mr. Poe trat zur Tür hinaus, blieb aber gleich wieder stehen, als er das Aufheulen eines Motors hörte. Die beiden Schurken – ein Wort, das hier so viel bedeutet wie »schreckliche Menschen« – hatten Dr. Lucafonts Auto erreicht und fuhren soeben davon.

»Los, in den Jeep mit Ihnen!«, schrie Violet. »Folgen Sie den beiden!«

»Ein erwachsener Mann«, sagte Mr. Poe streng, »lässt sich nicht auf eine Verfolgungsjagd ein. Das gehört zu den Aufgaben der Polizei. Ich rufe jetzt sofort dort an, vielleicht können sie Straßensperren errichten.«

Die Baudelaires sahen zu, wie Mr. Poe die Tür schloss und zum Telefon spurtete, und sie verloren jede

Hoffnung. Sie wussten, es war zwecklos. Bis Mr. Poe der Polizei die Lage erklärt hätte, wären Graf Olaf und der Hakenmann längst über alle Berge. In plötzlicher Erschöpfung gingen Violet, Klaus und Sunny zu Onkel Montys ausladender Treppe hinüber und setzten sich auf die unterste Stufe. In einiger Entfernung hörten sie Mr. Poe telefonieren. So viel war ihnen klar: Die Suche nach Graf Olaf und dem Hakenmann, vor allem im Dunkeln, wäre so etwas wie die Suche nach einer Nadel im Heuhaufen.

Trotz ihrer Angst wegen Graf Olafs Flucht mussten die drei Waisen ein paar Stunden geschlafen haben, denn als sie wieder zu sich kamen, war es Nacht. Sie hockten noch immer auf der untersten Stufe, aber jemand hatte eine Decke über sie gebreitet. Während sie sich reckten und streckten, sahen sie drei Männer in Overalls und mit Käfigen in den Händen aus dem Reptiliensaal herauskommen. Ihnen folgte ein rundlicher Mann in einem großkarierten Anzug. Als er sah, dass die Kinder wach waren, blieb er stehen.

»Hallo, Kinder«, sagte er mit dröhnender Stimme. »Tut mir Leid, wenn wir euch geweckt haben, aber meine Leute müssen ein bisschen schnell machen.«

»Wer sind Sie?«, fragte Violet. Es ist verwirrend, wenn man tagsüber einschläft und erst wieder aufwacht, wenn es schon Nacht ist.

»Was machen Sie mit Onkel Montys Reptilien?«, fragte Klaus. Es ist ebenso verwirrend, wenn man feststellt, dass man auf einer Treppenstufe geschlafen hat und nicht in einem Bett oder in einem Schlafsack.

»Dixnik?«, fragte Sunny. Es ist immer verwirrend, wenn man darüber nachdenkt, was jemanden dazu bringt, einen karierten Anzug zu tragen.

»Ich heiße Bruce«, sagte Bruce. »Ich bin der Marketingdirektor der Herpetologischen Gesellschaft. Euer Freund, Mr. Poe, hat mich angerufen und gebeten, die Schlangen abzuholen und irgendwo zu deponieren. ›Deponieren‹ bedeutet ›unterbringen‹.«

»Wir wissen, was das Wort ›deponieren‹ bedeutet«, sagte Klaus, »aber warum bringen Sie sie weg? Und wohin?«

»Also, ihr seid doch sicher die drei Waisenkinder, nicht wahr? Euch bringt man schließlich auch zu irgendeinem Verwandten, der euch hoffentlich nicht gleich wegstirbt wie Montgomery. Na ja, und genauso müssen diese Schlangen versorgt werden, also geben wir sie weiter an Wissenschaftler, Zoos oder Altersheime. Diejenigen, für die wir keinen Platz finden, schläfern wir ein.«

»Aber es ist Onkel Montys Sammlung!«, rief Klaus empört. »Er hat Jahre gebraucht, bis er all diese

Reptilien beisammen hatte! Sie können sie doch nicht in alle Winde zerstreuen!«

»Anders geht es nicht«, sagte Bruce ungerührt. Er sprach noch immer furchtbar laut, ohne ersichtlichen Grund.

»Viper«, rief Sunny und fing an, auf den Reptiliensaal zuzukrabbeln.

»Meine Schwester will sagen«, erklärte Violet, »dass sie mit einer der Schlangen sehr eng befreundet ist. Könnten wir nicht wenigstens eine mitnehmen – die Unglaublich Tödliche Viper?«

»Erstens«, antwortete Bruce, »hat dieser Poe gesagt, dass alle Schlangen uns gehören. Zweitens täuscht ihr euch gewaltig, wenn ihr glaubt, dass ich kleine Kinder auch nur in die Nähe der Unglaublich Tödlichen Viper lassen würde.«

»Aber die Unglaublich Tödliche Viper ist völlig harmlos«, sagte Violet. »Der Name ist sozusagen das Gegenteil von einem Euphemismus.«

Bruce kratzte sich am Kopf. »Wie bitte?«

»Das soll heißen, dass der Name eine Irreführung ist«, erklärte Klaus. »Onkel Monty hat die Schlange entdeckt und deswegen musste er ihr einen Namen geben. Er hat ihr allerdings einen falschen Namen gegeben.«

»Aber dieser Typ galt doch allgemein als brillant«, sagte Bruce. Er griff in die Tasche seines karierten

Jacketts und zog eine Zigarre heraus. »Einer Schlange einen falschen Namen zu geben scheint mir nicht gerade ein Zeichen von Brillanz. Eher ein Zeichen von Schwachsinn. Andererseits – was kann man schon erwarten von einem Mann, der selbst Montgomery Montgomery heißt?«

»Es ist nicht nett«, sagte Klaus, »einen Menschen wegen seines Namens zu verunglimpfen.«

»Ich habe jetzt keine Zeit zu fragen, was du mit *verunglimpfen* meinst«, sagte Bruce, »aber wenn das Baby hier der Unglaublich Tödlichen Viper noch einmal zuwinken will zum Abschied, dann sollte es das schnell tun. Sie ist schon draußen.«

Sunny krabbelte gleich auf die Haustür zu, aber Klaus war noch nicht fertig mit Bruce. »Unser Onkel Monty *war* brillant«, sagte er mit fester Stimme.

»Ein brillanter Mann«, stimmte Violet ihm zu, »und als solchen werden wir ihn immer in Erinnerung behalten.«

»Brillant«, quiekte Sunny, während sie weiterkrabbelte, und ihre Geschwister sahen lächelnd zu ihr hinunter, überrascht, dass sie ein Wort gesagt hatte, das jeder verstehen konnte.

Bruce zündete sich seine Zigarre an und blies Rauchwölkchen in die Luft. Dann zuckte er mit den Achseln. »Ist ja schön, wenn ihr das glaubt, Kinder«, sagte er. »Ich wünsche euch viel Glück, wo immer sie euch hinstecken.« Er blickte auf eine mit funkelnden Steinen besetzte Uhr an seinem Handgelenk, dann wandte er sich den Männern in den Overalls zu. »Wir sollten mal los. In fünf Minuten müssen wir auf dieser Straße sein, die so nach Ingwer stinkt.«

»Meerrettich«, korrigierte ihn Violet, aber Bruce war schon weitergegangen. Violet und Klaus sahen einander an und gingen dann hinter Sunny her, um ihren Reptilienfreunden zum Abschied zuzuwinken. Doch als sie gerade bei der Tür waren, kam Mr. Poe und schloss sie vor ihrer Nase.

»Wie ich sehe, seid ihr aufgewacht«, sagte er. »Dann geht jetzt nach oben und legt euch ins Bett. Wir müssen morgen sehr früh aufstehen.«

»Wir wollen uns nur noch von den Schlangen verabschieden«, sagte Klaus, doch Mr. Poe schüttelte den Kopf.

»Ihr wärt Bruce nur im Weg«, sagte er. »Außerdem würde ich meinen, dass ihr drei im Leben keine Schlange mehr sehen wollt.«

Seufzend schauten die Baudelaire-Kinder einander an. Alles in der Welt schien verkehrt zu sein. Es war verkehrt, dass Onkel Monty tot war. Es war verkehrt, dass Graf Olaf und der Hakenmann entwischt waren. Es war verkehrt, dass Onkel Monty für Bruce nichts weiter war als ein Mann mit einem albernen Namen und nicht ein brillanter Wissenschaftler.

Und es war verkehrt anzunehmen, dass die Kinder nie wieder eine Schlange sehen wollten. Die Schlangen, wie übrigens auch alles andere im Reptiliensaal, waren für die Kinder die letzten Erinnerungen an die wenigen glücklichen Tage, die sie in diesem Haus verbracht hatten – die wenigen glücklichen Tage, die sie überhaupt erlebt hatten, seit ihre Eltern umgekommen waren. Auch wenn sie verstehen konnten, dass Mr. Poe sie nicht allein mit den Schlangen in diesem Haus leben lassen wollte, so war es doch absolut verkehrt, dass sie sie nie wieder sehen sollten und sich nicht einmal von ihnen verabschieden durften.

Ohne sich weiter um Mr. Poes Anweisungen zu kümmern, sausten Violet, Klaus und Sunny zur Tür hinaus, dorthin, wo die Männer in ihren Overalls dabei waren, die Käfige in einen Lieferwagen einzuladen, auf dessen Heck die Aufschrift »Herpetologische Gesellschaft« stand. Es war Vollmond, und in den gläsernen Wänden des Reptiliensaals spiegelte sich das Mondlicht, als wäre der ganze Raum ein riesiges funkelndes Schmuckstück, ein Brillant sozusagen. So wie Bruce im Zusammenhang mit Onkel Monty den Ausdruck »brillant« benutzte, bedeutete er so viel wie »anerkanntermaßen klug oder intelligent«. Als aber die Kinder das Wort gebrauchten – und daran mussten sie jetzt denken, als sie zum Reptiliensaal hochblickten, der im Mondlicht glänzte –, da hatte es viel mehr bedeutet. Es sollte bedeuten, dass selbst unter den dunklen Umständen ihrer momentanen Lage, selbst während all der unseligen Ereignisse, die sie im Laufe ihres Lebens noch erwarteten, Onkel Monty und seine Freundlichkeit ihnen wie ein heller Glanz im Gedächtnis bleiben würden. Onkel Monty war wirklich brillant gewesen und dieser Glanz fiel auch auf ihre Zeit bei ihm. Bruce und seine Leute von der Herpetologischen Gesellschaft konnten ihnen vielleicht Onkel Montys Reptiliensammlung nehmen, aber niemand würde ihnen je ihre Erinnerungen an ihn nehmen können.

»Auf Wiedersehen, auf Wiedersehen!«, riefen die Baudelaire-Waisen, als die Unglaublich Tödliche Viper in den Wagen verladen wurde. »Auf Wiedersehen, auf Wiedersehen!«, riefen sie, und obwohl die Viper eigentlich Sunnys spezielle Freundin war, weinten Violet und Klaus mit ihrer Schwester, und als die Unglaublich Tödliche Viper zu ihnen aufsah, da sahen die Kinder, dass auch sie weinte. Winzige glänzende Tränen tropften aus ihren grünen Augen. Auch die Viper war brillant, und als die Kinder einander anschauten, sahen sie glänzende Tränen in den Augen der Geschwister.

»Du bist brillant«, sagte Violet leise zu Klaus. »Wenn

du nicht alles über die Mamba du Mal nachgelesen hättest ...«

»*Du* bist brillant«, antwortete Klaus ebenso leise. »Wenn du nicht die Beweisstücke aus Stefanos Koffer geholt hättest ...«

»Brillant!«, sagte Sunny noch einmal und Violet und Klaus umarmten ihre kleine Schwester. Selbst das jüngste der Baudelaire-Kinder war brillant, weil es mit der Unglaublich Tödlichen Viper die Erwachsenen abgelenkt hatte.

»Auf Wiedersehen, auf Wiedersehen!«, riefen die brillanten Baudelaires noch einmal und winkten Onkel Montys Reptilien nach. Zusammen standen sie im Mondlicht und winkten immer weiter. Sie winkten, als Bruce die Türen des Wagens schloss, sie winkten, als der Lieferwagen an den schlangenförmigen Büschen vorbei zur Schaurigen Chaussee fuhr, und sie winkten noch immer, als das Auto um die Ecke bog und im Dunkeln verschwand.

ENDE

LEMONY SNICKET

Verehrter Verleger,

ich schreibe Ihnen von den Ufern des Seufzersees, wohin ich gereist bin, um die Überreste von Tante Josephines Haus zu untersuchen. Ich verspreche mir davon einen besseren Einblick in all das, was den Baudelaire-Waisen zugestoßen ist, während sie sich hier aufhielten.
Bitte begeben Sie sich am kommenden Mittwoch um vier Uhr nachmittags in das Café Kafka und bestellen Sie dort beim größten diensthabenden Kellner eine Kanne Jasmintee. Vorausgesetzt, dass meine Feinde nicht triumphiert haben, wird er Ihnen statt des Tees einen großen Briefumschlag bringen. In diesem Umschlag finden Sie unter dem Titel DAS FALSCHE FENSTER meine Niederschrift der entsetzlichen Ereignisse sowie eine Skizze der Grauen Grotte, eine kleine Tüte mit Glasscherben sowie die Speisekarte des Restaurants "Zum bangen Clown". Außerdem befindet sich in dem Umschlag ein Reagenzglas mit 1 (in Worten: einem) Seufzeregel, was es dem für den Einband verantwortlichen Illustrator ermöglichen soll, eine akkurate Zeichnung dieses Tiers anzufertigen (sofern er nicht, was ich ihm jederzeit zugestehe, andere Vorstellungen hat). UNTER GAR KEINEN UMSTÄNDEN darf dieses Glas geöffnet werden.
Bedenken Sie, dass auf Ihnen meine letzte Hoffnung ruht, die Erlebnisse der Baudelaire-Waisen schließlich doch noch einem größeren Publikum bekannt machen zu können.

Mit vorzüglicher Hochachtung

Lemony Snicket